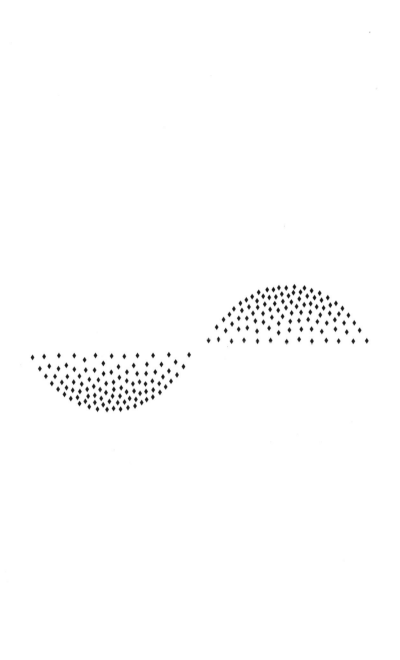

일러두기

다양한 지역에서 영도로 와 정착한 사람들의 이야기를 인터뷰하여 재구성하였습니다.
지역적 특색을 반영하기 위해 일부 방언은 그대로 사용하였으며 표준어를 병기하였습니다.
저작권법에 의해 보호를 받은 저작물이므로 무단 전체와 복제를 금합니다.

영도

타향에서

고향으로

영도 디스커버리 총서 1

머릿말

나는 이방인이다.

고향을 떠나와 부산 영도에 정착했다. 영도에 살면서 내가
이방인이라는 사실을 자각하는 경우는 그다지 많지 않다. 그저 누군가와
이야기를 나누다 비슷한 말씨를 쓰는 걸 보고, 같은 고향 사람임을
확인하고, 반가움을 느끼고, 문득 고향을 떠올려 본 일은 있다. 그럴 때야
비로소 내가 내 고향이 저멀리 어딘가에 있었다는 것, 하지만 지금은
영도라는 곳에 자리를 잡았다는 걸 깨닫게 된다.

내가 이방인임을 거의 느낄 수 없었던 건 영도라는 환경 덕분이기도
하다. 부산이 고향이 아닌 사람은 내가 알고 있는 것보다 더 많다.
내가 영도에 살면서 만난 사람 중 절반 이상은 부산사람이 아니었다.
그중에서도 제주 사람, 전남 사람, 남해 사람, 거제 사람, 통영 사람, 포항
사람이 많았다.

— 한국전쟁 시기 피난수도였던 부산, 그 중에서도 피난민
　판자촌과 포로들의 집단수용소가 있었던 영도

— 산업화 시기 일자리를 찾아 영도의 조선소로, 제조업 공장으로,
　시장으로, 식당으로, 바다로

— 그리고 오늘날 직장을 얻어, 학업을 위해 영도를 찾은 사람까지

이것 말고도 영도에 정착한 이유는 타지 사람의 수만큼 존재할 것이다.

사실 나에게 고향은 뚜렷하게 정의되지 않은 곳이다. 태어난 곳,
유년시절을 보낸 곳, 아버지의 고향, 그중 어딘가다. 잦은 이사로 태어난
곳과 유년시절 보낸 곳이 다르다. 아버지의 고향도 다르다. 그렇지만
나에게 고향은 언제나 유년시절을 보낸 곳이며 지금 살고 있는 영도라는
공간과 종종 비견되어 유사점을 찾기도 하고 차이점을 찾기도 한다.

여러 공간에 대한 경험을 가지고 있다는 것은 현재 살고 있는 공간에 대한 호불호를 판단하는 좋은 잣대가 된다. 주위에 바다와 산이 있고, 수직의 아파트에 살고 있지만 수평의 골목에서 사는 것처럼 이웃의 정감이 남아 있는 곳. 고향과 닮은 곳. 그래서 나는 영도를 좋아한다.

영도에는 1800년대 후반까지 사람이 살지 않았다고 한다. (패총을 통해 거론되는 시기는 논외로 한다) 사람이 살지 않았던 무인도. 목마장이 있어 말을 키우는 이 몇만 존재했던 곳. 그러다 사람이 하나 둘 이주하기 시작했고 일제강점기를 지나 한국전쟁 시기에는 인구가 폭발적으로 증가한다. 산업화가 한창이던 1980년대 초반에는 영도 인구가 약 20만 명까지 치솟는다. 현재 영도 인구가 11만명 정도이니 약 2배 정도가 영도에 모여 살았던 셈이다.

영도 속 타향을 이야기하라면 단연 제주를 꼽을 수 있다. 영도 내에 제주도민회관, 제주은행이 다 있을 정도다. 영도 인구가 약 20만 명이던 시절, 그중 전라도 출신은 약 30%를 차지했다고 한다. 이북 사람들이 모여 살던 마을(골목)인 이북동네는 내가 알고 있는 곳만 해도 영도 안에 세 곳이나 있다. 그들의 이주와 정착은 개인의 역사이기도 하지만, 영도와 부산의 역사이고, 대한민국 근현대사의 한 대목이기도 하다. 그들의 궤적을 따라가다 보면 우리가 근현대사에서 굵직한 줄기만 짚느라 간과해 버린 역사의 작은 줄기, 틈, 미세한 부분을 포착할 수 있을 것이다. 그들 한 명 한 명은 살아있는 역사다. 그들의 이야기를 통해 그 시절을 여행할 수 있다면, 그들만이 간직하고 있는 영도의 옛 모습을 함께 들여다 볼 수 있다면 얼마나 좋을까 생각했다.

또한 그들은 누구보다 영도라는 공간을 입체적으로 경험했으리라 본다. 비교적 길지 않은 기간을 영도에서 거주한 나보다 30년, 40년, 50년을 살아 온 사람이라면 더욱 오랜 시간 고향과 견주며 영도라는 공간에 대한 어떤 객관적이면서도 지극히 주관적인 판단을 갖게 되었을 것이다. 이것은 나의 경험에서 비롯된 가정이고, 실제 만난 여덟 분 모두 영도에 대해 각기 다른 감정과 판단을 보여주었다. 이분들을 통해 공통적으로 알게 된 점은 여덟 분 모두 이방인인 자신에게 한 켠을 내어 준 영도에 대해 '고마움' 비슷한 감정을 갖고 있다는 것이다. 각자 다른 사정으로 정착해, 다른 방식으로 살아왔지만 공통된 감정으로 귀결되는 것을 보며 나 또한 영도라는 지역을 다시 보게 되었다.

나는 이번 이야기 여행의 안내자로서, 또는 여덟 분 인생 다큐멘터리의 내레이터로서 그들이 왜 영도에 오게 되었는지, 어떻게 정착하였는지, 어째서 영도에 남게 되었는지 질문을 던졌다. 우리는 이분들의 대답을 통해 낯선 곳에서 발붙이고 살아낼 수 있었던 그들만의 비결을, 미처 몰랐던 영도의 진면목을, 숨은 매력을 발견할 수 있을 것이다.

차례

머릿말   06

1 영도가 내어 준 바다
     경상남도 거제시   정삼덕   14
     제주도 서귀포시   김숙희(가명)   34

2 영도가 내어 준 방 한 칸
     함경남도 함흥시   서선자   58
     경상남도 거창군   이옥자   76

3 영도가 내어 준 거리
     전라남도 영암군   양영기   98
     전라남도 보성군   박동진   116

4 영도가 내어 준 가게 한 칸
     강원도 홍천군   양영자   134
     경상북도 안동시   이진희   148

마치며   167

1 영도가 내어 준 바다

이야기 1

경상남도 거제시
정삼덕

1954년생
거제, 능포
조양수산 선망 선원
해외인력송출_미美수송선원 ; 매쓰보이, 싸롱보이, 넘버투 쿡
정성호, 대경호, 한일어업협정
現 정성호 선장

소년은 어렸다.
거제의 바다는 소년에게 꿈을 갖게 해주었지만
소년은 어머니를 위해 바다를 버려야 했다.

소년은 자랐다.
무작정 고향을 달아난 소년에게
부산은 더 넓은 바다를 펼쳐주었고
영도를 고향삼은 그에게
바다는 삶의 원천이자 전부가 되었다.

하리경로당에서 만난 백길수[1] 어르신의 말씀에 따르면 동삼동 하리에
유독 거제도 출신 사람이 많다고 한다. 이유는 "고기 잡는 사람들이
살기 좋아서"라고. 물 반, 고기 반이었다는 영도, 그 중에서도 하리는
근해에서 장어가 잘 잡혔으며 거제, 통영, 대마도와도 가까워 천혜의
조업 환경이었다. 무엇보다 부산에 위판장이 있는 것 또한 큰
장점이었다고 한다. 거제 출신의 정삼덕 선장은 그의 소개로 만난
분이다. 백길수 어르신은 그를 더러 "성실하고 깨끗한 사람"이라 했다.

　이윽고 정삼덕 선장을 직접 만나 이야기를 나눴다. 그는 경상남도
거제 출신으로 푸른 거제의 바다를 보며 자랐다.

> 거제 능포에서 태어났어요. 아버지가 배 기관장이었고,
> 우리 엄마는 칼치 같은 고기를 사서 장승포시장에서
> 팔았죠. 저를 낳아주신 어머니는 고향이 이북인데,
> 부산으로 피란 왔다가 거제도로 오셨대요. 포로수용소를
> 거쳐 우리 아버지 집의 작은 방을 선택받아 왔는데, 그러다
> 부부가 된 거죠. 이럴 때 우리 엄마는 작은 방에 살고,
> 큰엄마는 큰 방에 살던 게 기억이 납니다.

이북에서 피난 온 그의 어머니는 생활력이 강하고 다부진 여성이었다.
그의 어머니는 고향에서 상대적으로 좋은 환경에서 자랐다고 한다.
집에 명태 잡는 배가 몇 척 있었고 방앗간도 했단다. 그의 어머니는
타향인 거제에서 수완 좋게 다양한 장사를 하며 새로운 가정을
떠받쳤다.

　하지만 그가 16살 되던 무렵, 스스로 고향을 등지기로 결심한다.
11형제 중 넷째였다는 그. 많은 형제들을 건사해야했던 어머니의
고생을 조금이라도 덜어드리기 위해서였다.

1　백길수 어르신은 1936년생으로 올해 84세이다. 영도 동삼동에서 5대째 살고
　있는 토박이다. 50년간 뱃일을 하며 선장도 했다는 그는 그야말로 동삼동의
　살아있는 역사이다.

중학교 1학년 1학기를 못 마치고 부산에 왔죠. 형제가
많았는데 엄마가 버는 돈을 다 가져다 형님들이 공부를
하는 게 좀 못마땅했던 것 같아요. 부모는 공부를 하라고
하는데 내가 돈을 벌어 우리 동생들도 공부시키면 우리
엄마가 고생 안 하시겠지 그 마음 하나였어요.

거제도에서 어머니와 친가식구들
(뒷줄 맨 왼쪽이 그의 어머니, 오른쪽 목조주택이 그의 고향집이다)

거제도에서 어머니와 고향사람들
(맨 오른쪽이 그의 어머니다)

어린 소년을 품어준 영도

굳게 마음먹고 고향을 떠났지만 열여섯 소년이 할 수 있는 일은 그리
많지 않았다.

중학교 졸업장이 없어서 해사고에 못 갔습니다.
그때 영도에 '조양수산'이란 회사의 안치윤 씨
선망(고등어배)을 타게 됐습니다. 그때 영도에는
'경희목재'나 '경희어망'이 있었는데 사람들이 경희어망에
많이 다녔습니다. 전국 어디서든 먹고 살기 위해 영도에
오면 첫째는 깡깡마을 대평동으로 갔고, 산복도로에
하꼬방을 얻은 다음 배를 타고 외국에 많이 갔습니다. 저도
먹고 살기 위해 3년 정도 배 생활하며 고생했습니다.

그렇게 선원으로 생활을 이어가던 정삼덕은 군에 입대하여 1978년
제대를 한다. 그때 그의 나이 스물네 살이었다. 제대 후 일거리를 찾던
그는 '해외인력송출'이란 걸 알게 된다.

부산데파트에서 해외로 인력을 송출하기 위해 사람들을
교육시켰습니다. 그 전에 영어 사범들이 와서 간단한
인사나 예스/노, 사우스/노스코리아 정도를 구분할 수
있는 사람을 선별했습니다.

그리고 그때 그는 영도 이송도가 고향인 지금의 아내를 만나, 아예
영도에다 보금자리를 마련하게 된다.

아내의 고향인 영도 이송도에 첫 보금자리를 잡았습니다.
지금 금성교회 앞 샛길에 있던 집을 하나 샀습니다. 외국
다니면서 거기서 애기도 낳고 가정도 꾸렸습니다. 집에는

방 하나 부엌방 하나, 작은 다락방이 있었습니다. 외국 배 타던 10년 동안은 거기서 살았습니다.

선망(고등어배) 선원 시절 소년 정삼덕

영도 — 타향에서 고향으로

더 넓은 바다로

16살 소년에게 영도는 인생의 첫 바다를 열어주었다. 그 바다는
스스로의 힘으로 생활을 꾸려나갈 수 있도록 해주었다. 그리고
고향 거제에서 영도로 온지 10년 만에 그는 더 큰 배를 타고 넓은
바다로 나간다. 그가 탄 첫 배는 미국 세브론 사社의 26만 톤급 기름
탱크선이다. 배가 얼마나 컸는가 하면, 내부에 대형 세탁소와 풀장이
있었고 갑판에서는 자전거를 타고 이동했다고 한다.

> '세브론'이라는 미국 방위산업체 회사 배를 탔습니다. 일본
> 고베에서 중동으로 기름을 실러 가는데 두바이나 바하마
> 쪽은 6개월 정도 걸립니다. 그렇게 두 번 갔다 귀국하곤
> 했는데 돈을 더 벌기 위해 두 달 정도 연장을 해서 배를 더
> 타기도 했습니다.

선박 내 근무자는 약 40명 정도였다. 외국인은 독일인 선장부터 국장,
기관장, 기타 부원까지 총 16명 정도였고 약 20명의 한국인이 있었다.
그 배에서 한국인은 외국인을 보조하는 역할을 하거나 기본적인
의식주를 챙기는 일을 했다.

> 우리나라 사람들이 하는 일은 갑판 위에서 갑판원들의
> 심부름을 하는 것. 저도 처음에는 데끼(데크)의
> 심부름꾼으로 갔는데 캡틴(선장)이 제 피부가 하얗다며
> 안에서 그릇 씻고 식당 정리하는 일을 시켰습니다.
> 다음에 또 그 선장을 만나게 됐는데 저를 '싸롱B'로
> 진급시켜 주었습니다. 독일인이었던 그 선장이 "사람이
> 깨끗해보인다"며 저를 좋게 보아 주었습니다.

외항선원 시절

그가 타던 유조선박의 모습

　　　　　　　　　　　　영도 — 타향에서 고향으로

사주장
외국 크루 음식 총괄

넘버원 쿡
한국 크루 음식 담당

넘버투 쿡
외국 크루 음식 담당

싸롱 A
외국 크루의 침구류 및
세탁물 관리 담당

싸롱보이

싸롱 B
외국 상급자의 침구류 및 세탁물
관리 담당 - 스탠드바 관리

매쓰보이
선내에서 심부름 및 청소를 하거나
그릇 씻는 일을 담당

데끼(데크)보이
갑판(야외)에서 노동하거나
심부름을 담당하던 말단 선원

정삼덕 선장의 이야기로 재구성한 선박 내 한국인 크루 조직 및 역할

그릇 닦고 청소하는 '매쓰보이'를 1년, '싸롱B'를 2년,
그리고 3년째에 '싸롱A'로 진급을 했습니다. 싸롱A는
외국인 선장, 기관장, 국장, 엔지니어들의 침구류를 챙기고
방을 청소하고 세탁을 해다 주는 일을 했습니다. 또 배
안에 있는 외국인 전용 바(bar)를 관리하는 일도 했는데
세탁 심부름과 바 관리로 팁을 봉급보다 더 많이 받을 때도
있었습니다. 그렇게 싸롱A를 6년하고 '넘버투 쿡'으로
진급했습니다. 한국 사람만 관리하는 '넘버원 쿡'과는
달리 넘버투 쿡은 '사주장'과 함께 외국 음식만 합니다.
그때부터는 진짜 칼을 잡고 양식만 했어요.

그의 이야기를 들으며 함께 본 앨범에는 배에서 찍은 수많은 사진이 있었다. 평범한 사람은 결코 접할 수 없는 공간에서, 다양한 외국인과 어울리고 있는 그의 젊은 시절 모습을 보았다. 주방 최고 책임자인 '사주장'과 함께 외국 선원들의 식사를 책임지던 그는 일류 호텔 주방장 못지 않은 요리 솜씨를 뽐낸다.

얼핏 사진만 보면 이국적인, 낭만적인 일상을 떠올리기 쉽지만, 그 공간이 익숙해지기까지 그곳은 그에게 낯선 일터에 불과했다.

> 차라리 데끼(데크)에서 일하면 땡볕에 막일을 하긴 해도 한국 사람들만 볼텐데. 안에서 일하니까 외국 사람하고 계속 마주치는데 뭘 물어봐도 퍼뜩 영어가 안 되니까 울기도 좀 울었죠. 그러다 너무 힘들어서 와이프한테 "도저히 안 되겠다. 귀국해야겠다"했더니 와이프가 "곧 아빠가 될 건데 중간에 오면 어떡하느냐. 딱 1년만 참아서 뜨뜻한 방 하나 얻을 수 있을 정도 되면 오면 안 되겠느냐"했어요. 그 편지 한 통에 10년이라는 세월을 보내게 됐죠.

그는 외항선원으로 10년이라는 시간을 보냈다. 그런데 그의 10년은 개인적인 차원의 성과에서 그치지 않았다. 산업화 시대, 외화수입에 지대한 공을 세웠다 평가받는 월남 파병 병사나 독일로 파견된 광부와 간호사처럼 정삼덕 씨 또한 그들과 이름을 나란히 할 수 있는 사람이다. 해외인력송출로 외국 선박을 탔던 모든 선원들 또한 그러하다. 개인의 노동이, 그들이 개인적으로 받았을 노동의 대가가 어떻게 국익 전반에 영향을 줄 수 있었는지 궁금했다. 그런데 그의 이야기를 듣고 나니 그 방식을 이해할 수 있었다.

> 그때 영도 '한일은행'에 달러를 많이 갖다 줬습니다. 지금 영도경찰서 맞은편 우리은행 자리가 옛날 한일은행 자리였는데 10년 동안 봉급을 다 거기서 받았어요.

우리나라에서는 달러를 벌면 정부에서 다 가져갔습니다. 봉급을 받으려면 무조건 은행에 가야 했는데, 은행에서는 우리나라 환율로 (환산)해서 우리 돈으로 줬습니다. 미국 세브론 타는 사람들은 거의 다 한일은행에서 봉급을 받았죠. 다만 배에서 직접 받은 팁하고 귀국비, 휴가비 같은 건 야매(사설)로 하는 데서 바꿨습니다. 팁으로 보통 1,400불 정도 벌어 오는데 은행에서 바꾸는 것과 2백만 원 정도 차이가 났습니다. 그건 진짜 봉급 외로 더 고생해가지고 번 돈이었죠. 영어도 모르면서 그저 예스/노 해서 번 돈이었어요.

그러던 1988년, 그는 휴가를 조금 더 연장해서라도 인생에 다시없을 역사적 순간인 제24회 서울올림픽을 다 보고 오겠노라 결심하며 배에서 내린다. 그렇게 올림픽이 끝나고 배에 다시 오르려 하니 쉽게 자리가 나지 않았다. 자신의 자리엔 이미 다른 사람이 타고 있었고, 마침 회사에서 인원을 줄이던 시기와 맞물렸다. 여기까지 이야기를 하다 그는 잠시 상념에 잠기더니, 한마디 툭 던진다.

내가 그때 배를 계속 탔더라면 내 인생은 어떻게 되었을까.

그에게 "꿈이 무엇이냐" 물으니 "요리사"라 한다. 한 치의 머뭇거림 없이 말이다. 어쩌면 당연할지 모른다. 그는 입맛 까다로운 외국 선원들의 연회음식을 혼자서도 뚝딱뚝딱 해냈던 사람이었으니까. 그러나 그는 그때의 상황과 선택을 후회하거나 아쉬워하지 않는다 한다. 이후 그가 선택한 삶 또한 충분히 만족스러웠기 때문이다.

넘버투 쿡 시절 그가 만든 연회 음식들

영도 — 타향에서 고향으로

동삼동에서 배를 모으다

그는 다시 외국배를 타는 대신, 일생을 바꿀 만한 일을 실행하게 된다.

> 둘째 형님이 부산에서 목선을 모은다 하시길래 내가 돈을
> 대어 같이 배를 모으기로 했어요. 사실 우리 식구끼리 배를
> 운용하는 건 아버지의 꿈이었어요. 아버지가 배를 만들면
> '언젠가는 우리는 성공한다' 해서 '정성호'라는 이름으로
> 하자 했어요. 그런데 아버지는 그 꿈을 못 이루고 먼저
> 돌아가셨죠. 그래서 이번 기회에 아버지의 꿈을 이루고
> 싶었어요.

그는 영도 동삼동에서 배를 모은다. 그의 말에 따르면 어느 지방이든
어촌 동네라면 배를 모으는 장소가 있었다고 하는데, 동삼동 하리는
현재 '하리경로당' 옆쪽이 내내로 배를 모으던 자리였다. 그곳은 터가
넓어 한 번에 세 척 정도 배를 모을 수 있었는데, 본인은 끝자리를
얻었다고 한다. 그는 동네 사람도 아닌 자신에게 배를 모을 자리를
내어 준 동네 어르신들에게 아직도 고마운 마음을 가지고 있다. 그렇게
모은 그의 배는 7.31톤에, 55마력의 대우엔진을 장착한 목선이자
어선이었다. 이름은 '정성호'. 배를 띄우고 난 뒤 그는 외국도 포기하고
완전히 뱃사람이 되기로 한다.
　　그런데 그의 이야기를 들으며 유독 낯설게 느껴지는 단어가 있다.
그는 왜 '배를 만들거나 짓는다' 하지 않고 '모은다'고 하는 걸까?

> 목수한테 나무를 모아 달라면 모아주었어요. 목수 한
> 사람이 정해지면 영도, 송도, 다대 그리고 부산 시내 일대
> 목수들이 전부 모였죠. 정성호 모을 때는 대여섯 명 정도
> 목수가 왔어요. 목수마다 자기 분야가 있는데 하우스

만드는 분야, 선수나 선미를 만드는 사람, 빠데[2] 치고 나무
사이에 못 치는 사람 다 다르죠. 그런 사람들이 모여서
배가 돼요. 우리 배는 뭐든 빨리 모아져서 8개월 만에
했어요.

'모으다'는 말을 사전에서 찾아보면 여덟 가지 정도 뜻이 나오는데, 그
중 '흩어진 것을 한데 합치다', '사람을 한곳에 오게 하다', '생각이나
힘을 하나로 되게 하다', '여러 조각을 한데 맞추거나 쌓아올려
만들다'라는 뜻이 있다. 그의 이야기와 '모으다'의 말뜻을 함께 보니
배를 만드는 일이 '모으는 것에서 시작해 모으는 것으로 마무리되는
것'임을 알 수 있었다. 서로 다른 분야의 사람이 모이고, 재료인 나무가
모이고, 배를 구성하는 다양한 조각들을 착착 쌓아올렸을 것이다.
무엇보다 '안전한 배'를 만들어야겠다는 사람들의 마음과 정성이 한데
모였을 것이다. 이렇듯 어떤 일의 종사자들이 사용하는 단어나 입말을
살펴보면 어떤 일이 이뤄지는 과정과 일에 대한 태도를 엿볼 수 있다.

진수식을 엄청나게 했습니다. 떡도 하고 돼지도
잡아가지고 동네 사람들 먹이고 경로당에 갖다 주고
했죠. 우리 형제들도 전부 다 왔습니다. 집안에서 큰 배를
모으니까 "아이고 저 놈이 외국 가서 돈 많이 벌어 와서
배 모았다"고 구경 왔죠. 그때가 1987년 가을이었어요.
배를 물에 내릴 때가 10월 정도 됐을 겁니다. 날씨가 추울
때 (배가) 물에 빠지면 안 된다 해서. 그래도 날씨가 약간
추웠습니다.

그는 주로 연안에서 통발로 장어를 잡았다. 그와 둘째형, 선원 세 명이
한 팀으로 조업을 나섰는데, 그는 주로 기관실을 살피거나 선원들을

---

2   표면에 생긴 흠집을 메울 때 쓰는 아교풀 따위를 속되게 이르는 말로 퍼티의 일본식
    표현이다.

정성호 진수식 모습

관리했다. 가장 멀리는 일본 근해까지 갔는데 한번 나가면 2~3일
정도 조업했고, 한 달에 20~25일 정도는 바다에 있었다. 외항선에서
양식洋食을 만들던 '넘버투 쿡 정삼덕'은 약 37만분의 1 사이즈의 작은
어선을 관리하는 '부신장 정삼덕'이 되었다.

> 우리는 주로 거제 인근에서 작업했고, 일본 쓰시마(대마도)
> 서쪽까지 올라가기도 했어요. 일본 쪽 수역으로 붙으면
> 물도 맑아서 많이 잡혔죠. 장어는 4월에서 7월 사이에 많이
> 났는데, 더워지는 8월부터는 당일 잡아서 항구로 왔습니다.
> 아침에 부두로 오면 물차가 기다렸다 장어를 장림 쪽으로
> 가지고 가는데 그걸 따가지고 가공해서 전부 일본으로
> 수출했습니다.

정성호로 조업한 지 약 4년째 되던 1991년. 선장인 둘째형이 육지에서
일하기로 하면서 그는 마침내 선장이 된다. 정성호를 팔고 12톤급의
조금 더 큰 배를 구입한다. 이름은 '대경호'. 연안 조업만 할 수 있었던
정성호와 달리 대경호는 근해 조업이 가능했다. 그는 대경호를 타고
제주, 여수 거문도, 통영, 거제, 경주 감포, 죽변, 동해 주문진까지, 약

5년 정도 전국 팔도의 바다를 누비게 된다.

깡깡이마을에서 주민분들에게 "마을이 쇠퇴한 이유"를 물었을 때 가장 많이 나온 이야기가 '한일어업협정'이었다. 어업협정으로 어선이 감척되어 일감이 많이 줄었다는 거다. 역사의 한 줄로만, 사람들의 말로만 회자되던 어업협정으로 어선을 팔고 보상을 받은 인물이 바로 정삼덕 선장이었다.

> 바다에서 고기도 많이 안 나고 그랬어요. 그러다
> 2000년도에 일본하고 한일어업협정을 해서 어선을
> 감척했는데 그때 대경호도 했죠. 일본에서 배 톤 수, 칸
> 수 재갑디다. 한일어업협정으로 (보상) 전부 받은 게 한
> 2억 원 정도에요. 그걸 받아가지고 집을 샀고 조그마한
> 배도 샀죠. 엔진이 밖에 붙은 '스내기'³라고 있잖아요.
> 3백마력짜리 배를 새로 모아가지고 지금까지 하고 있어요.
> 다시 이름을 아버지가 원하셨던 '정성호'로 해가지고요.

고향 거제에도 바다가 있는데, 고향 바다에도 조업하러 가시는데, 왜 고향에 돌아가지 않으셨냐 물었다. 그는 배를 다 모아놓고 보니 동삼동 주위에 고기가 참 많아서, 이만한 데가 없겠다 싶어서, 동네 사람들도 괜찮아서, 그대로 눌러 앉게 됐는데 그게 벌써 32년이나 됐다며 미소 지었다.

---

3   정식 명칭은 '선외기'이다. 선박의 선체 외부에 붙일 수 있는 추진 기관(엔진)으로 간단한 조작으로 선박의 선체에서 쉽게 분리할 수 있는 기계 장치이다. 어민들은 선외기를 단 선박을 일컬어 '스내기', '쌕쌕이(제트기를 속되게 이르는 말로 날렵한 선체와 빠른 속력 때문에 '제트기배'라 부르기도 함)' 등의 속칭으로 부르곤 한다.

삶을 열어 준 영도의 바다

그가 바다에서 조업하는 모습을 직접 보고 싶어 다시 하리항에
찾아갔다. 정성호를 타고 바다로 나가는데, 공포의 감정이 놀라움으로,
마침내 감탄으로 옮아갔다.

가장 가까운 어장인 생도生島에 다녀오기로 했다. 물수제비를 뜨기
위해 던진 돌멩이처럼, 배가 파도 위를 통통 튀며 앞으로 나가는데
속도가 엄청났다. 가늠하고 싶지 않아도 깊겠다는 생각이 절로
들 정도로 바다가 시퍼랬고, 잠시만 방심해도 휩쓸려버릴 것처럼
물살이 거칠었다. 특히 태종대 해안절벽 앞과 생도 사이 구간은 진도
울돌목만큼이나 물살이 센 곳이라 한다. 그가 "이런 구간은 얼른
빠져나가야 한다"고 말하는데 그 말 때문에 더 무섭게 느껴졌다.
하지만 그의 머리 위에서 펄럭이는 119구조대 깃발을 보며 차츰
안정을 찾았다. 물에 빠지면 그가 재빨리 날 건져주지 않을까 싶어서.
그렇다. 그의 또 다른 이름은 '구난대장'이다.

정성호에 펄럭이는 민간해양구조대 깃발

안정을 찾고 나니 많은 것들이 보이기 시작했다. 태종대 해안절벽, 크고 작은 암초들, 생도의 생김까지.

무엇보다 흥미로운 건 생도였다. 하리어촌계에서 만난 안종찬 씨[4]는 생도가 동삼동 하리 선장들의 앞마당이자 텃밭 같은 곳이라 한다. 그는 생도 주변이 물발이 세고 돌이 많아 물고기가 살기 좋은 환경이라 한다. 이 섬은 '주전자섬'이라는 별칭도 있지만 직접 보니 '살아있는 섬'이라는 뜻의 생도가 여러 의미로 더 잘 어울리는 것 같았다.

그가 조업하는 걸 간단하게 보여주겠다며 바다 가운데에 배를 세우고 투망을 한다. 키를 휙 돌려둔 다음 어망을 던지자 배가 살살 돌며 어망이 둥그렇게 깔렸다. 움직이던 배를 세우고 어망을 삭삭 거두는데, 군더더기 없는 손놀림에 크게 감탄했다.

16살에 고향을 나와 영도에서 50년. 거제 소년은 이제 '정성호 선장'으로 영도 동삼동에 완전히 녹아들어 있었다. 그는 바다와 한 순간도 떼려야 뗄 수 없는 인생을 살아왔고, 바다와 관련한 풍부한 생활 감각을 지니고 있었다. 그에게 영도는 스스로의 힘으로 살아갈 수

생도의 모습

4 선창횟집의 사장이자 그 또한 몇 년 전까지 어선을 몰던 선장이었다. 동삼동에 3대째 거주 중이다. 본인은 2대로 동삼동에서 나고 자라 65년째 살고 있다.

영도 — 타향에서 고향으로

있도록 터전이 되어 준 곳이고, 아버지의 꿈을 이루게 해 준 곳이며, 여생을 자식에게 손 벌리지 않고 당당하게 살아 갈 수 있도록 해 준 곳이었다.

거제는 고향이고 제2의 고향은 영도라고 이야기할 수 있죠. 영도는 내가 태어나가지고 내 인생에서 고향 거제 능포보다는 영도 동삼동이 내가 남자로서 내 이름 석 자를 알릴 수 있게 해준 곳이에요. 부유하게 산다는 것 보다는 자식한테, 넘한테 피해안주고 밥 먹고 사니까. 영도 동삼동은 도심 속의 어촌이지만 아직도 시골 맛이 납니다.

그는 천상 뱃사람이다

영도가 내어 준 바다

이야기 2

제주특별자치도 서귀포시
김숙희(가명)[1]
73세

제주, 성산읍
열다섯 살, 물질 시작
스물다섯 살, 남편과 영도 동삼동 정착
동삼동 해녀 50년

---

1   어머님의 개인적인 요청을 비롯해, 신상이 외부로 알려짐에 따른 작업적 불편함을
     최소화하기 위해 본명 대신 가명으로 기입하였다.

영도의 물은 제주보다 어두버.
오늘은 물이 맑은가 했는데
갑자기 어두버지는 게 어떤 징조일까.
아, 내일 태풍이 오는구나야
하나라도 더 봉글자(잡자).

스물다섯 살 해녀 앞에 열린 영도 바다.
자신에게, 자식에게
정직하고 당당하게 살기 위해
쉬지 않고 자맥질해온 53년.

스물다섯 살 제주 해녀의 출가出家

영도 동삼동 해녀에 대해 잘 알고 있다는 분께 대화하기 가장 좋은
시간대와 장소를 소개받았다. 해녀어머님 한 분과 통화를 해 약속을
잡았지만 태풍 '프란시스코'가 올라오는 바람에 여러 번 기회를
놓쳤다. 몇 번 약속을 잡고 날씨 때문에 깨어지고 하다 보니 해녀
어머님으로부터 "대화하기에 일을 마친 뒤가 좋으니, ○시 이후로 아무
때나 오세요"라는 구두허가를 받았다.

　태풍이 지나가고 난 뒤, 바다는 겉으론 잔잔해보여도 물밑은
소용돌이라는 말을 들어 본 적이 있다. '오늘은 물질을 가셨을까?'
생각하며 가보니 어머님들이 이제 막 물질을 마치고 나오고 계셨다.
물질을 막 마친 참이라 무척 분주했다. 잡아 온 물건을 옮기고, 물질에
쓴 장비를 씻고, 몸을 씻고 하는 일련의 과정이 있었다. 멀찍이
떨어져서 정리가 마무리되실 때까지 기다렸다. 30분 정도 지났을까,
일상복을 입은 어머님들께서 늦은 점심을 챙기고 계셨다.

　소개해주신 분의 이름을 언급하며 인사를 드리고 탈의장 안으로
들어갔다. 더운 바깥 열기에 습기가 더해져 안은 흡사 사우나 같았다.
나무 도마 위에 조촐한 점심상이 차려져있다. 밥, 멸치볶음, 열무김치,
조그만 컵라면. 오래된 선풍기 하나가 탈탈탈 돌아가고 있다. 한 어머님
옆에 조용히 앉았다. 김숙희(가명) 어머님, 그녀는 50년 경력의 베테랑
해녀이다.

> 오늘은 물에서 조금 일찍 나왔어요.
> 태풍이 지나간 뒤라 물이 어두버서...

어머님은 자신들의 이야기가 외부에 알려지는 게 꺼려진다 한다.
무엇보다 자신의 이야기가 어머니의 고생스런 삶의 궤적으로 남아

자녀들의 마음을 아프게 할까 염려가 크셨다.[2] 어머님 마음에 부담이
되지 않을 정도로만 살아오신 이야기를 들려주셨으면 한다는 나의
말에 처음에는 선풍기를 양보해주시다가, 조금 후엔 백번 양보해
자신의 이야기를 하나씩 하나씩 꺼내주셨다.[3]

그녀는 스물다섯의 나이에 타향인 제주에서 영도로 왔다.

> 내 고향은 제주도 성산읍. 제주에서 15살 때 해녀 일을
> 배웠어. 제주에서는 보통 스무 살 전에 배우지. 엄마도
> 할머니도 해녀였고. 아저씨도 제주도 사람인데 결혼 전
> 총각 때 영도 동삼동에서 살면서 가구관련 일을 했어.
> 제주도에서 만나서 결혼을 했는데 결혼하고 5일 있다가
> 아저씨 일하는 데 있는 영도로 왔어. 여기 와서 애기
> 낳았고.

무얼 타고 오셨냐는 질문에 그때도 비행기가 있었지만 감히 상상도
못했다며, 여객선을 타고 오셨다 한다.

> 그때 (타고 온) 여객선이 덕남호인가 남영호인가 그래.
> 그런데 남영호는 침몰했어. 사고 났잖아요.

---

2 이미 장성해 요직에 있는 김숙희 어머님의 자녀들은 "부모님 생계는 자신들이
   책임질테니 물질을 그만하시라" 한다. 그럼에도 바다가 좋아, 보람이 커서,
   자녀들에게 부담주지 않기 위해, 반대를 어머님은 무릅쓰고 물질을 하고 있다.
   자신을 걱정하는 자녀들을 향해 어머님께서는 "어릴 때부터 부모의 수고를 알고
   항상 자신을 존경해 준, 그리고 반듯하게 자라준 자녀들에게 고맙다. 정말로 몸이
   허락할 때까지만 할테니 너무 염려 말아 달라"는 말씀을 하셨다.

3 인터뷰가 이뤄지기까지의 과정을 자세히 서술한 것은, 해녀분들을 만날 때 어떤
   절차나 시간이 필요하다는 걸 말하고 싶어서다. 구술 기록을 위해 다양한 직군의
   분들을 만나왔지만 특히 해녀분들은 뵐 때마다 굉장히 어렵고 조심스럽다. 생과
   사의 경계를 넘나들며 작업하시는 분들에게 자칫 해害나 폐弊가 될 수 있기에.
   게다가 어머님들이 모여 계시는 탈의장은 작업 현장의 연장이긴 하나 너무도 사적인
   곳이다. 그 구역에 허가 없이 들어선다는 것 자체는 말로 다 할 수 없는 민폐이며
   결례다. 그렇기에 만나기 전 충분한 시간과 대화가 필요하다는 걸 다시 한번
   이야기하고 싶다.

어머님 말씀을 듣고 집에 가 남영호에 대해 찾아보고 마음이 서늘해졌다. 남영호[4]가 침몰한 1970년은 그녀가 제주에서 영도로 출가한 해와 같은 해였다. 그녀가 언급한 덕남호 또한 5년 뒤 침몰했다. 그때 제주에서 바다를 건넌다는 건, 극한의 두려움에 잠시 자신을 맡겨야만 가능한 일이었다는 걸 새삼 알 수 있었다.

그렇게 그녀는 남편을 따라 제주에서 육지로 첫발을 내딛는다. 하지만 영도는 육지이되 섬이었고, 섬이되 육지였다. 제주처럼 사면이 바다. 해산물이 그득한 곳. 그녀가 계속 해녀 일을 하지 않을 이유는 없었다. 게다가 영도에는 그녀가 오기 훨씬 전부터 제주에서 건너와 물질을 하던 사람이 가득했다.

> 영도에 와보니 동삼동에서 벌써 물질을 하고 있던 제주 사람이 많았어. 제주도에서 넘어와 살던 사람도 있고, 부모들이 여기 와서 태어난 사람도 있고, 집 주변에만 해녀가 25명이나 있었어. 그때 스무 명이 넘던 해녀가 거의 다 돌아가시고. 나이가 많아서 작업도 못하고 하니까 이제 다섯 명 밖에 안 남았지만.

제주 해녀의 이동을 역사적으로 살펴보면 19세기 후반으로 거슬러 올라간다. 제주 해녀들이 한시적으로 출어出漁하는 것을 두고 "배껏물질 간다"고 하는데, 부산 영도에는 1895년에 건너왔다는 기록이 있다. 그렇게 제주 잠녀들은 부산 기장과 영도, 경상남도 울산, 기장을 비롯해 전남 다도해 및 도서지역, 멀리는 함경도까지 이동하였다.[5]

---

4 남영호 침몰사건은 대한민국에서 일어난 최악의 해상 참사로 많은 인명 피해가 발생했다. 1970년 12월 14일 17시경 제주도 남제주군 서귀읍(현 제주특별자치도 서귀포시) 서귀항에서 출항한 남영호는 다음날인 12월 15일 침몰한다. 이 사고로 326명의 사망자가 발생하였으며, 실종자 300여 명의 시신은 끝내 찾지 못했다고 한다. 그리고 1975년 2월 6일 서귀포~부산 간 정기 여객선인 덕남호 또한 침몰하고 만다.

5 재인용. 안미정, 〈제주 잠녀들의 출어와 부산 해녀촌〉, 《부산탐라》 제11집, 부산제주특별자치도민회, p128.

이러한 출어는 일제강점기에도 이어지는데, 〈절영도의 어업문제〉라는 헤드라인으로 시작하는 1921년 10월 10일 동아일보 기사를 살펴보면 "부산부 절영도에는 6천여 명의 조선인 어민이 사는 곳이며, 매년 제주도 해녀海女들이 수천 명씩 와서 이곳에 거주하면서 어업에 종사하였다"[6]고 적혀있다. 해방 후에 수가 많이 감소하긴 하지만, 1962년에 타지로 간 잠녀 수가 4천명이 넘었다[7]는 기록도 있다.

역사적으로 해녀들의 이동은 대부분 "한시적으로 제주 섬을 나와 다른 곳에서 해산물을 채취하며 경제적 소득을 꾀하던 출어出漁"였고 "고향의 집으로 돌아가는 것을 염두에 둔 한시적 타향살이이며 무엇보다 가족을 위한 경제적 활동"이었다고 한다.[8] 하지만 처음 마음이야 어떻든 다시 제주로 돌아간 이가 있었다면, 남은 이도 있었을 것이다. 또 자의든 타의든 아예 출향出鄕을 결심하고 나온 이도 있었을 것이다. 남편과 아예 영도로 이주한 김숙희 어머님처럼 말이다. 그녀가 영도에서 만난 해녀들은 모두 그러한 연유로 고향을 떠나 살게 된 분들이었고, 그들의 2세, 3세 또한 있었다.

영도 해녀는 물질을 하는 구역에 따라 크게 동삼동, 청학동, 남항동 해녀로 나뉜다. 과거에는 영도 해녀들이 함께 하는 모임도 있었지만, 지금은 고령에 각자 일하기 바빠 구역별로 따로 만난다고 한다.

그녀는 처음부터 동삼동에 자리를 잡는다. 거기서 50년을 줄곧 살아왔다. 동삼동 해녀들은 모두 이웃이었고 고향 사람은 그 존재만으로도 의지가 되었다.

> 신혼살림을 동삼동에서 시작했어. 해녀를 하려면 바다가 가까워야 하는데 동삼동 매립 전에는 원래 그 앞이 다 바다였지. 동삼동 해녀들은 다 근방에 살았지. 한집 건너

---

6   기사인용, 〈절영도의 어업문제...〉, 《동아일보》, 1921년 10월 10일.

7   안미정, 〈제주 잠녀들의 출어와 부산 해녀촌〉, 《부산탐라》 제11집, 부산제주특별자치도민회, pp138-139.

8   재인용. 안미정, 〈제주 잠녀들의 출어와 부산 해녀촌〉, 《부산탐라》 제11집, 부산제주특별자치도민회, p128.

한집이었어. 나는 그 부근에서만 한 50년은 돌았어요. 다른 데 안 갔다 오고 동삼동에서만 뺑뺑 돌고. 셋방 살 때는 방 한 칸에 애들 셋하고 아저씨하고 살았지. 그 앞에서 이사를 다섯 번은 더 간 거 같아.

젊은 시절 김숙희(가명) 어머님과 그녀의 아이들

젊은 시절 김숙희(가명) 어머님과 그녀의 남편

영도가 내어 준 바다

그녀는 현재 '하리'라 불리는 구역 일대에서 작업을 한다. 동삼동
일대가 일부 매립되면서 해안선이 저만치 물러나게 된 것. 그래서 지금
탈의장 자리도 본래는 이곳이 아니었다고 한다.

> 지금 탈의실은 원래 여기서 뒤로 50미터 정도 떨어진 곳에
> 있었는데 여기로 옮긴지는 15~20년 정도 됐어요. 바다가
> 매립되면서 탈의장도 바다 앞으로 옮긴 거지.
> 여기 탈의장이 아주 말 그대로 명당이에요. 앞에
> 건물이 없으니까 햇볕이 잘 들어오고 뒤로 방파제가
> 있으니까 바람막이를 해주고 아주 좋아요.

동삼동 해녀 탈의장

영도의 바다는.. 어두버

내가 해녀어머님을 만나야겠다고 결심한 까닭은 그분들의 눈을 통해
영도와 영도 바다의 다른 면모를 볼 수 있을 거라는 생각에서다. 특히
어머님에게는 '고향 제주'라는 견줄 대상이 있었다.

물이라고 다 같은 물은 아닐 터. 어머님이 처음 영도 바다에
들어갔을 때, 제주 바다와 어떻게 달랐을지 궁금했다. 특히 잡히는
물건이 다르지 않았을까 하는 가정도 있었다. 이 질문이 있고
어머님에게서 가장 먼저 나온 답은 '어둡다'였다.

제주도 보다 영도가 물이 더 어두버. 제주도는 10메다 정도
돼도 물이 바닥까지 보여. 여기는 수심도 얕은데 맑아야
2, 3메다 정도에서야 보이고. 그래서 보통 여기 해녀들은
항내에서, 좀 얕은 데서 작업을 하지.

잡히는 건 비슷한데 가짓수는 여기가 더 많아. (50년 전)
제주도 바다에는 전복, 소라, 성게 이 세 가지밖에 없었어.
여기는 해삼, 멍게, 담치 같은 게 더 많아. 제주도도 해삼은
있지만 멍게하고 담치는 별로 없거든. 제주도는 해녀들이
판매하는 데도 있는데 여기는 다 각자 판매. 건어물 같은
건 말려서 자갈치상회에 갖다 주고 성게나 우니 같은 거는
장사꾼들이 우리 물건을 사가지고 가서 소매를 해요.
우리는 하루 종일 작업해서 힘들어서 판매는 할 수 없어요.

어머님이 잡아 올린 해산물

작업일정

오전 9시경: 바다로

오후 2시~3시 사이: 뭍으로

작업장소

하리항 인근

한국해양대와 오륙도 사이

태종대등대 앞 바다

계절별 채취물

봄: 해삼

여름: 비수기

가을, 겨울: 해삼, 멍게

사계절: 전복, 성게, 미역 등

작업도구

두렁박: 작업 위치 표시, 잠시 쉴 때 붙잡는 도구

호맹이: 소라, 멍게 등을 채취하는 도구

납: 부력을 줄여 물 밑으로 들어가기 위해 허리에 차는 것

빗창: 전복을 뜨는 기구

작업복: 부력있음, 몸을 보호하고 추위를 막아주는 역할

물안경: 눈을 보호해줌(제주해녀처럼 쑥으로 문질러 물안경 안에 서리가 끼는 것을 막음)

해녀어머님들의 작업도구

바다로 향하는 해녀어머님들

2009년 제주도로 구술 조사를 떠난 적이 있다. 그때 만난
해녀어머님께 "가장 무서운 게 무엇인지" 질문을 드린 적이 있다. 거기
해녀분들은 입을 모아 '돌고래'라고 답했다. 돌고래가 사람을 물기도
해서 그게 배 밑으로 지나가면 그리 아찔하다 하셨다. 어머님께도 한번
여쭤봤다.

> ─ 물질하시면서 가장 무서운 건 뭐예요?
>   제주도 어머님들은 돌고래라고 하시던데.
> : 제주도는 돌고래가 많아. 여기는 배가 다니니까 배만
>   조심해서 다니면 돼. 바닷가 다니면서 파래에 미끄러져
>   넘어지는 것도 조심해야 하고.

다행히도 항내에 계신 분들은 해녀분들이 주로 작업하는 자리와,
표시도 잘 알고 있어 그리 위험한 일은 없었다 한다. 다만 만에 하나를
위해 서로 늘 조심한다.

> ─ 아까 깊이 안 들어가신다고 하셨으니까 잠수병 같은 건
>   없으시겠네요?
> : 우리 그래도 10메다는 넘게 들어가요.
> ─ 아... 인근에서만 작업하신다고 해서 너무 쉽게
>   생각했네요.
> : 여기 앞은 물건이 없잖아. (웃음) 10메다는 들어가야지.
>   그러다 보니까 심장병, 허리디스크, 협착증. 여기 수술
>   전과 없는 사람이 없어요.

물옷의 부력을 이겨내고 아래로, 더 아래로 내려가기 위해. 해녀분들은
모두 허리에 납을 찬다. 그래서 김숙희 어머님의 직업병은 허리 쪽이다.

> ─ 납 때문에 허리가 안 좋아지신 거죠?
> : 맞아. 작업할 때 겨울에 왜 힘드냐면 육지에서도

겨울에는 추우면 파카 입잖아요. 여름에는 얇은 옷 입고. 우리도 추우니까 옷을 6미리짜리를 입는데 그러면 납을 8킬로 5백씩 이렇게 차야 해요. 요새는 날이 더우니까 얇은 옷을 입어서 납을 6킬로밖에 안 차도 되지만 그것도 꽤 무겁지. 납 때문에 다 허리가 정상이 아니야.

물질하는 이유

내가 한국해양대학교에 재학하던 시절, 학교 부근에서 해녀분들이 물질하는 모습을 자주 봤다. 이제 막 바다에서 나와 물기가 가득한 태왁을 등에 메고 물옷을 입은 채 방파제를 걸어오시던 장면도 기억난다. 이분들은 과연 어디서 작업하고 오시는 걸까? 궁금했던 게 여러 번이었다.

　김숙희 어머님 앞에 영도 해안지도를 펼쳐보이자 직접 작업하시는 구역을 손가락으로 가리키며 설명해주셨다.

여기 탈의장 앞에서 헤엄쳐가지고 날이 안 좋을 때는 선창 입구에서 작업하고. 전에는 크루즈터미널 있는 데까지도 갔지. 나이가 들면서 힘들어서 멀리 갈 수가 없어요. 젊을 때는 저 바깥으로 오륙도 보이는 데까지 나갔는데. 방파제로 걸어가서 여기(조도 입구 반대편, 오륙도 방향)까지 가서 이쪽(하리 쪽)으로 오고. 오다가 고마운 배가 (탈의장까지) 태워다 주기도 했어.

또 태종대 등대 쪽을 가리키며 말씀해주셨다.

미역할 때가 되면, 태종대 등대 미처 못가서 우리가 생이(새이리)라고 하는 데에 가요. 코지를 헤엄쳐

넘어가서 미역을 캐는데, 다 하고 나서 낚시꾼들한테
"아저씨 몇 시 됐어요?" 라고 물어보면 오전 11시라.
미역을 한 200킬로씩 이래 담아가지고 오전 11시에
출발해서 탈의장에 도착하면 오후 2시가 돼요. 탈의장에서
빈 몸으로 갈 때는 한 30분이면 가는데 그 무거운 걸 밀고
헤엄치고 오면 3시간이나 걸리는 거야. 그걸 하고 나면
녹초가 돼요.

미역을 채취하던 태종대 앞바다

20kg짜리 자루에 담은 미역이 13자루. 260kg이 넘는 미역은 너무
무거워 배에 올릴 수도 없다고 한다. 물을 잔뜩 먹은 미역, 거친 파도.
함께여서 가능한 일이지만 오직 홀로 감당해야할 힘의 몫이라는 게
분명 있었을 것이다. 어머님의 작은 몸에서 어떻게 그런 초인적인 힘이
나왔을까. 어머님께 직접 여쭙고 싶었다. 그리 힘에 부치는 물질을,
50년 넘게 해온 이유는 무엇인지.

우리 때는 임신해서 8개월까지도 작업을 했었어요.
그때는 워낙 사는 게 곤란하고 못 사니까. 애기 낳고 나면
키우려고 얼마 안 있다가 또 물에 나가고, 공부시켜야

하니까 또 나가고. 없어서 남한테 뭐라도 빌리면 갚아야
되잖아요. 내 몸 골병 들어도 바다 갔다 오면 돈 버니까.
그렇게 다 자식들 키우고 살았지.

부모로서 자식을 지켜야한다는 사명감이 첫 번째, 정직한 노동으로
가정에서, 일터에서 제 몫을 해내고 있다는 뿌듯함과 성취감이
그녀들을 매일 아침 일으켜 세웠을 것이다. 그건 아마 영도
깡깡이아지매도, 자갈치아지매도, 재첩국아지매도 마찬가지였을
것이다.

힘은 들지만 사기 친 돈 아니니까 자식들한테 떳떳해.
사기치고 도둑질한 거였으면 "아이고 이거이거 언제 탄로
나도 탄로 나겠다. 자식들을 무슨 낯으로 볼꼬"하면서
가슴이 두근두근 해가지고 오늘밤 어떻게 잠을 자.
힘들어도 정정당당하게 번 거라 떳떳해. 우리는 육체는
고생해도 마음은 편안하죠.

자진하여 출향하였지만 타향은 타향이다. 다행스럽게도 그녀에겐 함께
온 가족이 있고, 고향 사람도 있어 마음만은 그리 고되지 않았다 한다.
그래도 조금 마음에 사무친 일 하나쯤은 있지 않으셨을까 싶었는데,
기억 저편에 있던 이야기를 조심스레 꺼내주셨다.

우리가 겨울에 물에 가서 '군소'라는 걸 잡아오는데,
그건 집에 가져갈 수가 없어요. 그게 삶으면 3킬로밖에
안 되는데 삶기 전에는 10킬로가 넘거든요. 그걸 여기서
삶아서 가는데, 장작으로 불 피워 아궁이에 삶으면
연기가 나오니까 "자꾸 해녀아줌마들이 연기를 피워서
되겠느냐"는 소리를 듣곤 했었지. 군소는 겨울 한철만
삶으면 되니까 그때만 조심하고. 그래도 목욕물만큼은
보일러로 해결해 보자 해가지고 우리끼리 돈을 모아서

탈의장에 보일러를 놓았어요. 우리도 사람인 이상 싫다는
얘길 계속 듣는 게 힘드니까.

실제 동삼동 해녀 탈의장 안은 보일러와 물탱크가 공간의 절반 이상을
차지하고 있었다. 동삼동 해녀분들이 삼삼오오 돈을 모아 마련했다는
보일러는 오가는 학생들을 위한 배려였다. 가건물이다 보니 전기를
넣어줄 수 없다는 한전에 찾아가 꼭 필요하다 간청해 전기를 놓았고,
보일러를 놓았다. 다만 씻는 것이 가장 중요한 해녀분들의 탈의장에는
변변한 수도시설이 없었다. 그것은 해녀분들에게도 가장 아쉬운
부분이었다.

> 수도가 있으면 참 좋을 건데... 해녀들은 샤워시설이
> 좋아야 해. 바닷물에 씻을 수 없으니 말이야. 근처
> 박물관에서 물을 조금씩 얻어다 쓰고 있는데, 그 먼데서
> 물을 조금씩 모아다가 한 탱크 받아 놓고 한 달 동안 정말
> 아껴아껴 쓰고 있어. 수도비는 우리가 낼 수 있는데 수도를
> 놓아주기만 하면 좋으련만. 앞으로 5년을 더 작업할란가
> 몇 년을 더 작업할란가는 모르겠는데 그나마 남은 5년
> 만이라도 수도가 있으면 한번 사람답게 깨끗하게 씻고
> 다닐 수 있을 것 같아.

현재 영도에는 넉넉잡아 130여 명의 해녀가 있다. 검색을 해 보니
제주도에 거주하고 있는 해녀들은 입어증만 가지고 있으면 무료로
병원을 이용할 수도, 물리치료를 받을 수도 있다고 한다. 작업복은 물론
작업도구 또한 기관에서 제공한다. 사회적 약자인 해녀분들을 배려한
것이다. 영도구에서도 2~3년 전부터 해녀분들에게 작업복을 제공하고
있다고 한다. 험지에서 꿋꿋하게 자신의 일을 해온 해녀분들의
직업의식과 삶을 존중하려는 노력이 우리 지역에서도 생겨나고 있는
것이다.

거기에다 동삼동 중리해녀촌에 '해녀박물관'이 만들어진다고 한다.
(이 책이 나올 즈음이면 개관을 했을 것이다) 해녀들의 이주와 정착의
역사를 확인하고, 바다라는 거친 환경을 일군 영도 해녀들의 인생을
되새길 수 있는 공간이 생긴다는 소식에 정말 반가웠다. 큰 변화이자
발전이다. 이런 변화를 시작으로 현재 현업에 있는 영도 해녀들이
어떠한 환경에 있는지 살펴주고, 그들에게 지금 가장 필요한 게
무엇인지 둘러봐주고, 더 편안하게 작업할 수 있도록 작은 조처들이
하나하나 이루어지길 빈다. 해녀에게 '물'은 꼭 필요한 것이기에.
영도의 해녀들이 타인에 의해 기억되는 존재가 아닌, 계속 존재할 수
있는 존재였으면 한다.

동삼동 해녀 탈의장 내부

영도가 내어 준 바다

살맛을 주는 바다

며칠 뒤에 태풍 '링링'이 올라온다는 소식을 듣고 미리 찾아간 동삼동 앞바다. 해녀 세 분이 어김없이 묵직한 태왁을 앞세우고 물가로 나온다.

물 밖으로 나와 허리에 채운 무거운 납부터 풀러 놓고 수경을 벗고 오리발을 벗고 태왁을 등에 지고 컨테이너 탈의장 안으로 들어간다. 나는 어머님들께서 정리를 마치실 때까지 멀찍이 앉아 기다리다 식사하는 모습이 보이기에 탈의장으로 갔다. 오늘도 늦은 점심이다. 밥, 멸치볶음, 깻잎지, 콩나물무침, 콩자반, 조미김, 그리고 조그만 컵라면 하나. 나에게는 냄비에 데운 '오차' 한잔을 건네주신다. 마셔 보니 미지근한 보리차다. 어머님들은 말한다. 일하고 나와서 마시는 '오차'가 제일 맛있다고. 나에게도 이리 달콤한데 갯물에서 대여섯 시간 계시던 어머님들께는 얼마나 꿀맛일까.

익숙한 마무리지만, 어머님께 이 일을 언제까지 하실 것 같은지 여쭤봤다.

> 몸이 허락할 때까지 하는 거지. 내일이라도 몸이 아파서 못 나오면 못 나오는 거고, 내 몸 움직일 만하니까 나오는 거예요.
>
> 우리 나와서 밥 먹는 거 봤죠? 아무 맛도 없는 거 가지고 와도 작업하고 올라오면 밥이 맛있어요. 집에 있으면 이렇게 반찬 안 해먹잖아요. 집에서는 몇 가지 해놓고 먹어도 여기만큼 맛이 없어요. 무엇보다 여기 나오면 친구들이 있어서 좋아요. 같이 일하고 같이 밥 먹으니 더 맛있죠.

영도의 바다는 김숙희 어머님에게 풍요의 곳간이고 기운을 충전케 해주는 '살맛'을 주는 공간이다. 누군가는 이미 퇴직을 했을 나이지만 바다는 그녀에게 정년을 운운하지 않는다. 그녀 스스로 태왁을 놓기

전까지 그러할 것이다. 그녀는 여전히 바다에서 일하고, 사람을
만나고, 함께 끼니를 나눈다. 혹자는 "삶의 이해利害를 풀어주는 공간이
고향"이라 하지 않았던가. 어머니의 고향은 누가 뭐래도 영도 바다임이
분명해보였다. 그래도 어머님의 고향이 아름다운 제주인지라, 물을
수밖에 없었다.

　　"어머님, 혹시 고향이 그립지 않으신가요?"

　　　　고향? 제주도 좋지 뭐. 언제나 그립고 가고 싶고.
　　　　그런데 잊어야 살지. 할 수 없어.
　　　　이제는 영도가 고향이 돼 가지고.

동삼동 해녀들과 함께 떠난 제주여행 (뒷줄 오른쪽에서 세 번째가 김숙희(가명) 어머님)

영도가 내어 준 바다

2 영도가 내어 준 방 한 칸

이야기 3

함경남도 함흥시
서선자
80세

1941년생. 함경남도 함흥시, 서호
흥남비료공장 뒤 기와집
1951년 1월 4일 흥남부두
거제 성포수용소
영도 청학동 수용소마을

홍남비료공장 뒤 기와집,
전기회사에 다니는 아빠,
나를 데리고 야간 공부방에 다니던 엄마,
그땐 몰랐던 평온한 나의 하루.

하루아침에
인생이 바뀌었다.
전쟁의 소용돌이에 휩쓸리다 닿게 된
세상의 가장자리 청학동 수용소마을.
아파도, 홀로라도,
그래도 나는 살아가리라.

서선자 어머님의 고향은 이북이다. 그녀는 전쟁에 떠밀려 고향인
함경남도 함흥에서 경상남도 거제로, 부산 서구 남부민동으로, 잠시
대전으로, 마침내 부산 영도구 청학동으로 옮겨가며 살기 위한 여정을
멈추지 않았다. 부유하듯 떠돌게 된 그녀의 삶은 자의自意가 아니었다.
한국 근현대사에서 빠질 수 없는 '흥남철수'. 남하하기 위해 흥남부두에
모인 30만 명의 인파 중 미군 수송선輸送船인 LST를 탄 피난민은 9만
1천여 명이었다. 그 많은 사람 중에 열한 살 서선자와 그녀의 어머니,
여동생이 있었다.

> 피난은 1951년 1월 4일 되게 추울 적에. 눈이 얼마나 많이
> 왔다고. 아빠는 회사에서 일하다가 인민군에 끌려가뿟고.
> 엄마는 나와 여동생을 데리고 피난을 가려고 밀가루로 빵
> 찌고 콩을 두 되를 볶았어. 나는 엄마가 볶은 콩 두 되랑
> 4학년 새 학기 책을 허리에 걸머지고 흥남부두까지 한참
> 걸어갔어. 부둣가에 가니 LST라고 미군배가 있어. 엄청
> 컸고 군인 힘찜이었어. 미군들이 우리를 전부 다 배 위에다
> 올리고. 사람이 하도 많아가지고 배로 물이 막 출렁출렁.
> 자리고 뭐이고 없고 올라타면 앉는 게 내 자리고. 물 옆에
> 우리가 앉아있었지. 똥물도 올라오고 그렇더라. 새까만
> 밤중에 얼마나 황망해. 그냥 죽은 거나 마찬가지였어.
> 오줌 마려우면 거기서 오줌 싸고 그랬지 화장실이 어디
> 붙어있는가도 몰라.

"되게 추웠다"는 어머님의 말처럼, 그날은 참으로 추웠다. 역사에 영하
27도로 기록되어 있다. 함경도 일대 주민들은 전투를 피해 계곡이나
동굴에 숨어 있다가, 미군이 부두에 진주하자 그곳으로 운집하였다.
가까스로 피난민 승선이 허락되자 부두는 아수라장으로 변하였다고
한다. 역사에 매우 혹독하게 기록되어 있는 그날 속에 서선자 어머님이
있었다니, 그리고 그 어머님이 지금 내 눈앞에 계신다는 게 새삼
놀라웠다.

배에서 내려서 거제도 장승포에 배치를 시키는 거라. 장승포국민학교에서 깡통에 밥 해먹고 그랬지. 얼마 안 있어 성포포로수용소에 배치시키더라. 가마니를 칸칸이 해놓고 한 칸에 한 식구씩 배당해줬지. 거기 본토박이들이 농사짓고 나면 밭에 가서 이삭 줍고, 일도 해주고 어장하는 집에 가서 며르치 걸어주고 며르치 받아오고 그랬지.

성포포로수용소에 머문 건 3년 여 정도다. 부산으로 온 연유는 거제에 먹고 살게 없어서, 부신에 먼저 자리 잡은 고향 사람이 많아서, 배를 타고 이북으로 돌아갈 수 있다는 희망에서였다. 그녀의 가족이 가장 먼저 정착한 곳은 서구 남부민동이었다. 그녀의 어머니는 자갈치시장에 대야를 놓고 장사를 하였고, 그녀는 돈을 벌기 위해 대전에 있는 '오모짜(인형)' 공장에 갔다. 시원치 않은 돈벌이에, 혼기가 찼으니 시집을 가라는 어머니의 성화에, 그녀는 스무 살 무렵 다시 부산으로 내려온다.

소녀 서선자와 그녀의 어머니

청학동에서 젊은 시절 서선자 어머님

영도가 내어 준 방 한 칸, 그리고 우리 영감

영도구 청학1동의 별칭은 '수용소마을'이다. 이북에서 피난 와
거제포로수용소에 머물다 부산으로 온 사람들이 고향으로 돌아가기 전
'잠시' 머물고자 한 곳이었다. 여기서 만난 대부분의 이북 출신분들은
"잠시 머문다는 게 50년, 60년이 됐네"라고 말한다.

> 대전에 조금 가서 살다가 부산으로 오니 엄마가 청학동
> 꼭대기에 집을 사가지고 영도에 와 있더라꼬. 돌로 된
> 집인데 그때 돈으로 만 얼마 주고 왔단다.

거주 환경은 거제수용소와 별반 다르지 않았다. 그저 등 붙이고 비를
피할 수 있는 것에 만족했다. (그마저도 큰 비에 천장이 새고, 세찬
바람에 지붕이 날아가기도 했지만). 공동묘지 자리가 아니었다면, 물을
배급받기 위해 산허리에서 발치까지 가야 하는 곳이 아니었다면 그
돈에 그만한 자리 하나 얻지 못했을 거라 한다. 청학동은 오갈 데 없는
실향민들을 편견 없이, 적의 없이 품어준 곳이었다.

몸을 의탁한 공간인 청학동에서 그녀는 마음을 의지할 배필을 만나게
된다.

> 그때 동네에 이북 사람집이 마흔집 정도 있었는데,
> 우리 영감도 이 동네 사람이었어. 군인으로 이북에서
> 반공포로로 혼자 넘어와 가족이고 뭐고 아무도 없었지.
> 동네 중신애비가 소개를 해줬는데 우리 영감은 조그맣고,
> 인상도 험악하지 않고 그냥 '양반'이었어. 중신하고 얼마
> 안돼서 사성[1]이 오고 중신애비가 한복을 준비해줬어.

---

1   정혼한 뒤, 신부집에 보내는 신랑의 생년월일시

내는 족두리를 쓰고 우리 영감은 사모관대를 했지. 동네
사람들이 큰상을 채려줬어. 이북에서는 상 채릴 때
닭하고 명 길라고 국수 삶은 거 크게 쌓아가지고 놓는데
동네 사람들이 이북 사람이다 보니 이북 형식으로 상을
채려줬지.

그녀는 자신의 살림과 남편의 살림을 합쳐 청학동에서 신혼생활을
시작한다. 그녀에게 남편은 어릴 적 헤어진 아버지 대신이었고, 마음의
버팀목이었다.

우리 영감은 건설 현장에 댕겼어. 막노동이지. 결혼하면서
우리 엄마를 거둬줬어. 얼마나 고마워. 우리 영감은
호인이야. 남한테 싫은 소리 안하고 집에서 가정 잘
거둬주고. 아이들한테 손 한번도 안 댔던 사람이고. 한번은
내가 친정엄마한테 막 짜증을 내니까 우리 신랑이 내 뺨을
딱 때리는 거라. 그럴 사람이 아닌데 부아가 나서 집을
나와 막 한정 없이 가는데 갈 데가 없는 기라. 다시 집으로
와 보니 신랑이 "여보 내가 잘못했어. 내 당신 미워서 그런
게 아니라 엄마한테 그러지 마라. 가슴 아픈 일이니까"
그러더라. 그래서 내가 "한번만 더 때려봐라 도망간다"
그랬지. 그게 지금도 생각난다.

서선자 어머님은 남편이 자신에게 화를 낸 것이 그때가 처음이자
마지막이었다고 한다. 그녀의 어머니까지 제 부모처럼 여긴 그였다.
타고난 심성이 그러하거니와 혈혈단신으로 피난 와 타향에서 꾸린
가정이 그에겐 참 소중했을 것이다.

우리 영감은 맨날 우리 각시, 우리 아내, 우리
집사람이었어. 맨날 남포동에 가서 친구들에게 내 자랑을
하는 게 일이었지. 야시장에서 '코티분'이라고 화장품도

청학동에서, 고향 사람들의 도움으로 전통혼례를 올리다

영도 ― 타향에서 고향으로

사주고. 첫 애 낳았을 때 우리 영감이 고물상을 댕겼는데
큰 다라이(대야)하고 솥하고, 내 삼각팬토(팬티)를 열
개나 사다줬다. 그때만 해도 삼각팬토를 많이 안 입을
땐데 하얀 게 너무 좋은기라. 내가 그거를 얼마나 오래
입었는지... 우리 집 앞에 소금단지 큰 게 있는데 그것도
우리 영감이 저 아래 청학동 부산은행에 있던 옹기점에서
사가지고 걸머지고 온 거다. 그때는 물을 이어다 먹었는데
그게 물단지 하던기지. 그렇게 자상했어. 마누라 뿐이
몰랐지.

밥만 먹고 살 수 있으면 다행인 시절. 하루 두끼 먹고 세끼 먹기는
어려웠던 시절이었다. 보리쌀에 된장반찬만으로도 그녀는 좋았다 한다.
그리운 고향집을 잊을 수 있는 새로운 고향집이 그녀에게 생겼으니
말이다.

자갈치시장 가방 장사

내 어린 시절을 돌아볼 때 떠오르는 한 장면이 있다.

아버지와 어머니, 언니, 내가 한데 모여 있는 모습. 자세히 말하면
어머니는 만두소를 만들고 아버지는 만두피를 반죽하고. 그 옆을
언니와 내가 기웃거리는... 그 기억에는 사람과 온기만 남아있다. 집이
월세였는지 전세였는지, 방이 넓었는지 좁았는지는 그때도, 지금도,
중요치 않다. 오히려 공간이 작아서였을까. 그곳을 가득 채운 온기가
여전히 따뜻해 마음이 추워질 때마다 꺼내 보곤 한다.

서선자 어머님의 기억 속에도 그런 장면이 있다. 피붙이인 어머니와
자상한 남편, 그리고 아이들과 좁은 공간에서 부대끼느라 살이 닿고,
밥상을 사이에 두고 얼굴을 마주하고, 말소리가 한데 섞인 공기가
일상을 가득 채우던 그런 순간들 말이다.

청학동에서, 사랑하는 아이들

영도 — 타향에서 고향으로

돌이켜보면 추억이지만 그 시절, 순간순간이 고되지 않았다면 거짓말일 것이다. 나의 부모 또한 내 기억 속 한 장면을 떠받치기 위해 하루하루 최선을 다했던 것처럼. 그녀는 해보지 않은 일이 없었다고 한다. 그 중에서도 가장 오래한 일은 '자갈치시장 가방장사'였다.

> 얄궂은 장사를 해서 먹고 살았지. 요새는 비닐봉투가 나오지만 그때는 헝겊으로 된 시장가방을 팔았지. 어깨에 가방을 걸머지고 "가방사이소~ 가방사이소" 하면서 자갈치시장을 뺑뺑 돌았어. 크기에 따라 그때 돈으로 2천 원부터 5천 원도 받았지. 대청동 덕원중학교 교장 사모님이 만든 가방을 받아다 팔았는데 그 교장선생님도 이북 사람이었어.

비닐봉투가 보급되고부터 더이상 시장거리에서 헝겊가방을 파는 사람은 없어졌지만 그때만 해도 가방 장수가 수십 명은 되었다고 한다. 큰 벌이는 되지 않았지만 생활에 보탬이 되기 위해, 남편 없이 가장으로서 아이들을 키우기 위해 계속했던 일이었다.

> 가방 장사는 한 20년 했어. 돈은 안 돼도 배운 게 그거라서. 남편은 지금 말하면 간암으로 돌아가셨어. 남편 나이 50살, 내 나이 40살때였어. 그때 우리 큰딸이 아마 열아홉 정도, 큰아들이 고등학교 2학년, 작은 아들이 중학교 2학년, 막내가 국민학교 2학년이었지. 가방 장사 해서 하루 벌면 애들 먹을 걸 샀는데 애들 학교 보낼 토큰 값은 꼭 남겨 왔어. 그거 팔아갖고 죽이든 밥이든 해서 애들 굶기지 않았지.

그것 말고도 그녀는 충무동시장에서 감자 장사도, 괴정시장에서 빨래집게 장사도 해보았다고 한다. 사랑하는 사람들을 지키기 위해 쉼 없이 달려온 세월이었다. 하지만 야속하게도 그녀는 사랑하는 사람들과의 관계에서 늘 남겨진 쪽이었다.

> 우리 엄마는 나 결혼해서 5, 6년 같이 살다가 50세에
> 돌아가셨어. 메리놀병원에 갔는데 위암이라고 해. 병원도
> 댕기고 약도 타먹고 했으면 더 오래 사셨을 건데 너무
> 어려운 시절이라. 남편은 나랑 20년 살다가 간암으로
> 돌아가셨고. 우리 둘째아들 찬이도 지금 없어요.
> 마흔일곱에 죽었거든. 뇌경색이었어요. 이제 6년, 7년째
> 드네. 사람들은 잊어버리라고 하는데 그게 말이 쉽지. 내
> 가슴에는 그게 안 돼. 그걸 생각하면 가슴이 찢어져.

그리고 잊지 못할 이름 '아버지'. 그녀에게 아버지란 단어는 열한 살
이후로 다시는 마주보고 부를 수 없는 말이 되었다.

> 우리 아부지는 우릴 찾아 거제도에 왔다가 누가 우리가
> 북한으로 가버렸다 해서 포로교환 할 적에 우리 찾아
> 북한으로 가버렸어.
> – 아버지가 보고 싶지 않으세요?
> : 말해 뭐해. 그런데 우리 아부지가 지금 살아계시면
>   백 살이 넘었어. 이미 돌아가셨지.

나는 노인을 존경한다. 그들의 나이는 시간의 공연한 축적이 아니라,
기쁨도 아픔도 상실도 견디었다는 증거일 테니 말이다. 사람이
결코 나약하지 않다는 걸, 나약하지만 이겨낼 수 있다는 걸, 생生이
소중하다는 걸, 온몸으로 보여주고 있기 때문이다.
  그런 연유로, 나는 서선자 어머님을 존경한다.

눈 오는 날, 청학동에서

떠밀리듯 밀려온 나의 이향離鄕

일본의 민속학자 나리타 류이치는 "가능성을 찾아 고향을 떠나는 것을 '출향出鄕', 자신의 의지와 상관없이 고향에서 떠 밀려 온 것을 '이향離鄕'이라 구분"한다.[2] 이번에 내가 만난 여덟 분 중, 그녀는 누구보다 확실한 이향자離鄕者다. 홍남부두에서 배에 오른 날. 그날의 행동이 최선이었는지 그녀 스스로 확실히 답을 내지 못한다. 상황이 그들을 고향에서 밀어냈고, 그녀에겐 선택권이 없었다. 그럼에도 불구하고 그녀와 이북 사람들은 함께 연대하며 영도 청학동에 새로운 고향을 구축했다.

> 이북동네 사람들이 도와줘서 결혼을 했고 남편 돌아가시고는 집에서 3일 동안 초상을 쳤는데 이북동네 사람들과 우리 영감 계원들이 다 도와줬지. 우리 영감이 30년 넘게 계를 모았는데 전부 다 반공포로로 넘어온 사람들이었어. 그 사람들이 알게 모르게 우리를 많이 도와줬어.

이제 이북동네에 남은 동향 사람은 서선자 어머님을 포함해 예닐곱 명 정도다. 그들 모두 이제 '밤새 안녕'을 묻는 나이다. 예전에는 동향 사람에게서 느끼던 유대감을, 그녀는 이제 청학동 주민 모두에게서 느끼고 있다. 저마다 고향도 다르고 살아온 과정도 다르지만, 청학동 해돋이마을에서 힘든 시기를 함께 겪으며 다져 온 동료애 덕분이다.

> 그때는 먹고 살라고 여기 왔으니까 그저 살았지만 이제는 마을이 많이 좋아졌어. 다시 보니 물 좋지 산 좋지 사람 좋지 친구 좋지 동생 좋지 다 좋지 뭐야. 내가 힘이

---

2   나리타 류이치, 『고향이라는 이야기』, 동국대학교출판부, p30.

없어가지고 아야아야 하니까 그게 아쉽지. 영도는 인정이
있는 곳이야.

결코 순탄치 않은 삶이었지만 그녀는 미련도 후회도 없다고 한다.
하지만 여든 살의 서선자 어머님은 종종 이런 생각을 한다.

내 어떤 때는 이런 생각을 한다.
내도 이북에 살았으면 이렇게 살지는 않았을 낀데.

청학동에서, 이북 사람들과 명절을 맞아

일흔일곱, 다시 시작

그녀 나이 열한 살 때, 서호국민학교 3학년 졸업식을 마치고 4학년 새 학기 책을 받아들고 집에 온다. 고향은 함경남도 함흥시 서호. 흥남비료공장 뒤편 방 세 칸짜리 기와집. 마당 지나 대문을 나서면 조그만 공원이 있고 개울이 있었다. 식구는 그녀 포함 아빠, 엄마, 여동생 이렇게 넷. 저녁을 먹고 엄마를 따라 공부방에 간다. 엄마가 공부하는 걸 보며 그녀도 읽고 쓰는 게 부쩍 늘었다.

시간이 흘러, 그녀 나이 일흔일곱에 다시 연필을 손에 쥔다. 한글을 다시 배우고, 이제는 부모 이름 대신 아들의 이름을 종이에 써본다. 그녀의 시화작품 '시작'은 방 한 가운데, 입구에서 가장 잘 보이는 곳에 걸려있다. 한눈에도 이것이 서선자 어머님의 자랑이라는 걸 알 수 있었다. 가장 사랑하는 것을 하나하나 적으며 웃음 짓는 어머님의 얼굴이 떠올랐다.

시작

일흔 일곱 늦깎이로
시작한 한글 공부
노래도 부르고
꽃이름도 써 보고

여덟 칸 공책 안에
아들 이름을 쓰고
손주 이름을 쓰면서
맨 아래 구석에
내 이름을
수줍게 써 본다.

서선자 作
부산인재평생교육진흥원장상(장려상)

나는 지금 3년 전 작품을 바라보는 서선자 어머님과 마주앉아 있다. 고향 대신, 살아갈 공간과 가족을 갖게 해준 영도 청학동. 그 속에 자리 잡은 그녀의 작은 외딴방은 여전히 시작의 씨앗을 준다.

그래도 살아가야지.

그녀는 고향에 두고 온 게 있다. 가족과 함께 살던 기와집, 학교, 친구. 풍족하진 않아도 부족하지 않았던 가정형편, 평범했던 하루하루. 그런 과거와 아쉬움을 뒤로하고 책임을 위해 현재에 충실했던, 최선을 다했던 그녀의 용기勇氣를 나는 사랑한다. 배에 오를 땐 타의他意였지만 그녀 스스로가 자신의 힘으로 일궈온 삶의 궤적을 보면서 말이다.

서선자 어머님의 시화작품 '시작'

이야기 4

경상남도 거창군
이옥자
70세

1949년 12월 7일생
경남 거창군 거창읍 정장리 국농소 325번지
브라운양화점, 태화고무
영도 봉래동, 청학동 482번지
세차, 막일, 청소, 파출부, 점방, 분식집 외
영도 청학동 해돋이마을 통장, 마을회장 37년

수완이 좋다.
부지런하다.
그런 그녀의 인생
파란만장하다.

시련에 쫓길 때 번뜩 생각난 곳,
돼지막인 줄 알았던
청학동 산 482번지.
그곳에서 자신의 힘으로
새로운 인생을 일구었다.

약 3년 전이었을까. 깡깡이마을신문의 주민기자분들과 청학동 해돋이마을에 취재를 간 적이 있다. 그곳은 영도의 대표적인 도시재생 지역이었고 주민 주도의 마을만들기 운동이 벌어지고 있는 곳이었다. 현장에서 인터뷰를 해주실 주민분을 찾기 위해 사전에 이곳저곳 연락을 드렸는데, 모두 이옥자 어머님을 소개해주었다. 그때만 해도 청학동 해돋이전망대 1층에서 주민 몇 분이 마을공동체 사업의 일환으로 국수와 찌짐(전)을 팔고 있었다. 이옥자 어머님은 그곳에서 빨간 앞치마를 두르고 육수 상태며 찌짐 반죽, 막걸리 여분 등을 챙기며 현장을 진두지휘하고 계셨다.

　60대 후반의 그녀는 믿기지 않을 정도로 활력이 넘쳤다. 특히 카랑카랑한 음성과 자신감이 넘치는 표정이 매력적이었다. 그녀는 해돋이마을 가장 꼭대기에 있는 국수가게에서, 어르신들 점심을 챙기기 위해 중턱에 있는 경로당으로, 다시 공동체 활동을 위해 마을 저 아래 있는 염색 공방으로, 다시 국수가게로. 좁고 구불하고 울퉁불퉁하고 가파른 골목길을 쉴 새 없이 오르내리고 있었다. (지금은 소방도로라도 생겼지만 그때는 골목길 뿐이었다) 그녀는 마을 일을 부지런히 챙기고 있었고, 마을 사람들은 무슨 일이 있건, 아니면 그냥 보고 싶어서건 그녀를 찾았다.

　그때는 마을의 역사와 마을공동체의 활동에 관한 이야기만 주로 여쭈었지만 실은 어머님의 인생사 또한 무척 궁금했다. 바라는 것을 현실로 바꾸는 힘은 어디서 나오는 것인지. 어떤 삶을 살아왔기에 이토록 마을일에 헌신하고 있는지 알고 싶었다. 무엇보다 "청학동 수용소마을에 딱 3년만 살고 내려가려고 했는데 '이렇게' 살다 보니 40년째 있다"는 마지막 말이 줄곧 머리에 남았다. 그 '이렇게'가 '어떻게'인지 알고 싶었다. 그 대답이 어떤 지역에서 오래, 의미 있게, 활력 있게 살아갈 수 있는 비결인 것 같았기 때문이다.

떡잎부터 달랐던 아이

그녀의 고향은 경남 거창이다. 사과로 유명한, 유난히 햇살이 좋은 곳. 그녀의 아버지는 산에 나무를 심고 관리하는 사방관리소 직원이었다. 이옥자 씨는 팔 남매 중 셋째였다.

그녀의 어린 시절은 현재 모습과 판박이다. 떡잎부터 달랐다. 재치가 있었고 일을 잘했던 옥자 어린이는 초등학교 4학년 때부터 이웃집에 가 모를 심어주었고, 손 위 다른 형제보다 풀도 잘 맸다. 부지런하고 이타심이 많았던 그녀는 아버지의 자랑이었다. 그녀의 아버지는 "팔 남매 중 쓸 만 한 건 너밖에 없다"는 말을 입버릇처럼 했다. 그녀는 또래답지 않게 어른스러운 아이였는데, 형제 많은 집안의 셋째로 태어나, 어머니와 유대관계가 두텁지 않았던 그녀가 관심과 사랑을 받기 위해 애써온 결과일 것이다.

> 엄마는 무남독녀 외딸에 우리 외할머니가 50살에 낳은 쉰둥이야. 외갓집이 엄청 부자였어. 그때 정신대 안 끌려가려고 아버지한테 시집을 보낸 거야. 엄마가 시집오면서 소도 가져오고 논도 세 마지기 가져왔지. 그런데 우리 엄마는 자기 자신밖에 몰랐어. 가족이든 남이든 누가 고생하든 그런 건 상관없었어. 그래서 나는 뭐만 생기면 안 먹고 아버지를 갖다 주고 그랬던 것 같아. (중략) 나는 어릴 때부터 나누는 걸 엄청 좋아 했지. 아버지가 사방관리소에서 미국 USA가 써져 있는 45킬로짜리 밀가루를 가져오곤 했는데 그걸 내가 아무도 몰래 남들한테 다 퍼줬어. 그래서 엄마한테 두들겨 맞고 그랬어. 배고프다는 사람한테 무조건 준거야.

그녀의 어린 시절 이야기를 듣다 보니 남을 생각하는 마음씨는 타고난 것 같았다. 뭐든 스스로 해내던 그녀였지만 딱 하나 부모의 지원과 도움이 필요한 게 공부였다. 하지만 그녀에게는 그런 기회가 주어지지 않았다.

> 우리 엄마가 나는 맨날 일만 시킬라고 그랬지. 학교 가면
> 선생님들이 사친회비(기성회비)라고 회비를 가오라 한다
> 아니가. 엄마가 내 밑에 남동생 세 명은 회비를 잘 주면서
> 나는 안 주는 거야. 그래서 나는 맨날 다리 밑에서 놀았지.

그러던 17살 여름 즈음. 그녀 말에 따르면 콩에 꽃이 피지 않았을 무렵, 소녀 이옥자는 스스로 집을 나온다.

> 우리 동네에 19살 먹은 언니들이 공장에 돈 벌러 간대.
> 그래서 나도 공장에 돈 벌러 가야겠다 생각했어. 그때
> 아버지가 송아지를 하나 팔아놨어. 그때 받은 돈이 40년
> 전에 3만5천 원쯤이었을 거야. 언니들이 그 돈을 다 가지고
> 나오라고 했지. 그렇게 거창에서 7시간 걸려 버스를 타고
> 부산까지 갔어. 옛날에는 (서구) 충무동에 버스정류장이
> 있었는데 거기 내렸지. 언니들이 얼마 가져왔냐 묻기에
> 내가 5천 원만 가왔다고 하니까 언니들이 내를 냅두고
> 전부 도망가 버렸어. 얼떨떨하기도 하고 무서워서 그
> 자리에서 울어버렸지.

아는 사람, 믿을 사람 하나 없이 홀로 부산에 떨어진 것. 그때 부산에서 서울까지 교통비는 1천2백 원 정도로 수중의 돈으로도 충분히 고향에 돌아갈 수 있었지만 그녀는 가지 않았다. 대신 이북 사람이 모여 살면서 형성된 '신촌新村'이란 곳으로 무작정 가기로 한다.

> 세발택시를 타고 괴정동 신촌에 가기로 했어. 가는 길에
> 대티고개가 나왔고 '오성신데라'라고 밥상 같은 거
> 만드는 공장 간판도 봤지. 위생병원도 지났어. 괴정1동에

내렸는데 큰 정자나무가 있었어. 거기 어느 굴뚝 있는 집 처마 밑에서 하루 저녁 잔 것 같아. 다음날 다시 차를 타고 가는데 자꾸 눈물이 나왔어. 내가 울고 있으니까 어떤 아저씨가 "학생 니 왜 우나" 하는 거야. 내가 자초지종을 얘기했더니 "니 울지 말고 내 따라 공장에 가서 일하면 안 되겠냐?"고 해. 그 사람이 누군가하면 정태문이라고 '브라운 양화점' 수출부 사장님이었어.

젊은 시절의 이옥자 씨와 그녀의 어머니(가운데가 이옥자 씨, 가장 왼쪽이 그녀의 어머니다)

신발 개발과_{開發課} 이옥자

공장에 취직하겠다는 그녀의 바람은 극적으로 이뤄지게 된다. 그녀가
고향으로 다시 돌아갔다면 결코 일어나지 않았을 일이다. 아직 변변한
기술이 없었던 그녀는 신발공장에서 잔심부름부터 시작한다.

> 일하는 머스마들이 한 2백 명은 됐어. 콜크 신발에
> 사이즈별로 모양 뜨는 볼을 끼워서 깁는데, 만약에 245
> 사이즈로 깁는다 그러면 내가 245짜리 볼을 후딱 갖다
> 주고 그랬지. 빨리 안 가오면 머스마들이 나한테 망치를
> 막 던지고 그랬어. 그래도 갈 데 없으니까 꾹 참고 했어.
> 어느 날은 애들이 다 운동장에 공을 차러 간거야. 아무도
> 없을 때 빨리 신발 하나를 깁어봤는데 이게 엄청 이쁘게
> 된거라. 사장님하고 여자 사감이 "니 인자 여기서 있지
> 밀고 개발과에서 신발 깁어라" 이래갖고 신발 깁는 일을
> 시작했어.

그녀는 신발 개발과에서 일했고 이후 태화고무에 스카우트 되어
가기도 한다. 브라운양화점에서 4년, 태화고무에서 4~5년, 근 10년
정도 신발 만드는 일에 매진한다. 그녀는 오직 자신의 힘만으로 부산에
자리를 잡았다. 남들이 열 켤레씩 할 때 열여섯, 열일곱 켤레의 신발을
만들며 말이다. 줄곧 일터가 있던 괴정에 살던 그녀는 20대 중반
영도로 터전을 옮기게 된다.

홀로 키운 세 아이

부산에서 홀로서기에 성공한 그녀는 부산에 온지 약 10년 만에 타향인
부산 영도에서 가정을 꾸린다. 극동상선을 타던 아는 동생의 소개로
남편이 될 이를 만나게 된 것. 그는 외항선의 갑판부원으로 마침 부산
영도의 어느 조선소에 수리를 하러 들어와 있었다.

> 그 사람이 내가 없는 틈에 우리 집을 다 뒤진 거야. 그리고
> 우리 집에다 편지를 쓴 거야. 나하고 결혼할거고 같이
> 생활하고 있다고. 그랬더니 우리 엄마하고 아부지하고
> 우리 집으로 찾아왔어. 우리 엄마가 막 때리면서 어디
> 생고기 배 따먹는 아무 것도 없는 뱃놈한테 시집을
> 갈라하냐고 난리를 쳤어. 나는 엄마한테 "그러면 아무것도
> 없는 사람은 장가도 못가나? 둘이 벌어서 먹고 살면
> 되지. 내도 잘 벌 수 있다"고 했어. 이후로도 자꾸 엄마가
> 찾아오고 이러니까 "우리 같이 살자" 이리 됐는 거야.
> 그래서 영도에 살림을 차렸지.

그녀는 영도구 봉래동에 신혼집을 차렸다. 큰 아이가 태어났지만
친정어머니는 끝까지 두 사람의 결혼을 인정하지 않았다고 한다. 결국
그녀는 아이 셋을 낳은 후 아는 사람만 모아 결혼식을 올린다. 끝내
어머니만은 참석하지 않았다. 그녀와 그녀의 아버지는 식 내내 눈물을
흘렸다고 한다. 다른 이유에서지만 이후로도 그녀의 결혼 생활은
눈물의 연속이었다.

> 남편 월급을 한번도 받아 본적이 없어. 배를 10년을 넘게
> 탔는데 자기가 벌어서 자기가 다 썼으니까. 남편은 강원도
> 사람인데 열한 남매 중 여덟째였는데 내리 딸만 낳다 처음
> 나온 아들이라 그런지 어려운 살림에도 귀하게 키웠나봐.

영도 — 타향에서 고향으로

자식도 필요 없고 마누라도 필요 없고 자기 자신밖에 모르는 사람이었어.

책임감이 없었던 남편. 그녀는 남편과의 결혼 생활 10년 중 제대로 살아본 것은 3년도 채 안 된다고 한다. 그녀는 그렇게 삼 남매를 홀로 키웠다.

우리 아들이 중학교 3학년 때 엄청 아팠어. 맹장이 터져 복막염이 돼갖고 의사가 10%도 가망이 없다 했어. 개복을 세 번을 했어. 내가 울고 난리를 치니 남편이 자기 누나 집에 가서 아들 수술비 한다고 천만 원을 빌렸다는데 그날 저녁에 빠칭코에서 그 돈을 다 잃은 거야. 돈은 다 쓰고 아들이 죽는다는데 와보지도 않고. 내가 눈이 뒤집혀갖고 (이혼) 도장만 찍어 달라 했어. 끝까지 안 찍어주더니 내가 2천만 원을 주며 도장 찍어 달라 하니 그제야 찍어주더라. 맨날 남편이 어디 가서 사고치고 누구한테 돈 빌리는 거 아닌가 하는 생각에 잠이 안 왔는데, 도장 찍고 오니 잠이 오더라고. 처음으로 애들 학교 가는 것도 모르고 아침 10시까지 잤어. "아 이제 됐다! 이제 죽어도 우리 네 명이 뭉쳐가지고 사는 데까지 살아보자" 그랬어.

그녀는 자식들을 먹이고 공부시키기 위해 쉬지 않고 일을 했다.

세차장, 주차장일, 막일, 청소용역, 파출부. 점방도 하고 동태집, 분식집도 하고. 남에 집 페인트칠 해주고. 부산데파트 같은데 가서 물탱크 청소도 하고. 마늘도 까고 도라지도 까고 밤도 까고. 안 해 본 거 없어. 돈 허투루 안 쓰고 살았지. 내가 천 원 벌이면 6백 원 저금하고 4백 원으로 어떻게든 살았어.

영도가 내어 준 방 한 칸

동삼동 중리해안에서
이옥자 씨와 그녀의 세 아이

청학동에서 그녀의 세 아이
(뒤편은 그녀가 운영하던 점방이다)

청학동, 쓰러진 나를 일으켜 준 곳

남편과 이혼하기 전, 그녀는 아이들과 영도 봉래동의 조그만 하꼬방에 살고 있었다. 하지만 그마저도 남편이 몰래 팔아버려 오갈 데 없는 처지가 되자 그녀는 한곳을 떠올리게 된다. 바로 청학동 산꼭대기, 수용소마을이라 불리던 곳이다.

> 처녀 때는 이 동네가 돼지 키우는 곳인 줄 알았어.
> '한일제관'이라고 깡통 만드는 공장에 다니던 친구들이
> 거기서 자취를 해서 놀러 간 적이 있는데 집을 돌로 막
> 재갖고 지붕 하나만 얹어놓는 거야. 가마니를 탁 열고
> 들어가면 쪼깨난 부엌하고 신발 벗는 데가 있고 그 안이
> 방이었어. 방 한 칸에서 너댓이 자고 부엌에는 사과 궤짝
> 하나 놓여있고. 궤짝 밑에 밥그릇이 몇 개 있고 밥숟가락이
> 몇 개 없으니까 아버지가 다 먹으면 엄마가 먹고 그랬지.
> 남편 때문에 집을 날려서 막상 갈 데가 없으니 이 동네가
> 먼저 팍 생각이 난거야.

그녀는 세 아이와 살아가기 위해 가진 돈을 탈탈 털어 청학동 수용소마을에 있던 하꼬방을 산다. 그때 돈으로 135만 원 정도였다고 한다. 말이 집이지 국가 땅에, 지붕은 다 내려앉아있고 풀은 어깨만큼 자라있었다. 이옥자 어머님은 엉망진창인 집을 싹 정리하고 살림을 시작한다.

　　그녀에게 청학동 수용소마을은 결코 좋은 인상일 리 없었다. 봉래동 집을 몰래 팔아버린 남편 때문에 하는 수 없이 살게 된 곳이었고, 이곳에서 홀로 고군분투하다 남편과 이혼까지 한다. 하지만 그녀는 세 아이를 위해 이를 악물고 버텼다.

　　물론 텃세도 있었다. 이웃 주민이 그녀가 빈집에 몰래 살고 있다고 경찰에 신고한 것. 그녀가 돈을 지불하고 불하받은 사실이 알려지면서

영도 청학동 옛 소각장 자리에서 이옥자 어머님의 세 아이와 동네 아이들
(뒤편으로 부산항과 용호동이 보인다)

이옥자 어머님, 아이들이 있던 사진 속 자리에서

점차 소문은 사그라들었다. 그런데 문제는 또 있었다.

> 전기를 안줘서 촛불을 켜놓고 살았어. 안되겠다 싶어서
> 한전에 애를 업고 가서 떼굴떼굴 구르고 울면서 소리쳤어.
> "나도 대한민국 국민이고 나도 전기 쓸 자격이 있는데
> 왜 나는 안 주느냐. 없다는 죄밖에 없지 나는 죄가
> 없다. 나는 정직하게 살고 싶고 그런데 왜 불 안주느냐"
> 그랬지. 촛불이 넘어져 아이 머리 끄슬린 걸 보여주니까
> 자기들끼리 수군수군 하디마는 어떤 아저씨가 전기 달아
> 줄테니 집에 가 있으라고 해. 그래서 그때 21만 원 주고
> 계량기를 한 개 달은 거야. 그런데 청학동에 전기 없는
> 집들이 많더라고. 그때 내가 이 동네에 뭔가 도움이 되는
> 걸 해보자 싶었어. 그렇게 자진해서 부녀회에 들어갔어.

통장 이옥자, 해돋이마을을 짓다

청학동 해돋이마을에 대해 잘 아는 사람을 대라면 어디서든 '이옥자'란
이름 세 글자가 나온다. 1989년부터 2019년 현재까지, 그녀는 근
40년 가까이 마을을 위해 봉사하며 집집들이 사정을 챙겼다. "누구
집 숟가락이 몇 개인 줄 안다"는 상투적인 표현이 이 동네에선
상투가 아니다. 그녀가 바로 그런 사람이었고, 누구누구의 집을 묻는
우편배달원과 택배원의 전화를 받는 건 예삿일이었다.

정작 자신은 누구의 도움도 받지 않았지만, 그녀는 혼자 잘 먹고 잘
사는 길을 택하지 않았다. 어둠이 채 가시지 않은 새벽 4시에 일어나
청학동 맨 꼭대기에 올라가 물탱크를 열었고, 마을 제일 밑에까지
내려가 오전 9시까지 물 배급을 했다. 좁은 골목에 집들이 다닥다닥
붙어있어 화재에 취약했던 마을. 그녀는 주민센터와 협력, 가스회사에
요청해 전 가호家戶의 고무 가스호스를 동파이프로 교체했으며, 구청에

일괄 신청해 노후 가옥에 부담이 되었던 무거운 물탱크를 전부 철거하기도 했다. 올해 소방도로 공사 때는 일꾼들의 밥이며 참을 챙겼다. 공적 지원이 필요하지만 방법을 모르던 사람들을 행정과 연결해주었고, 마을 환경정화와 공동체 활성화를 위한 지원사업을 신청해 진행하기도 했다. 특히 그녀는 공부하고자 하는 아이들을 외면하지 않았고, 지역 장학금을 연결해주기도 하였다.

내 신조가 내가 뿌린 씨는 내가 거둔다야. 내가 공부를 못했기 때문에 뼈가 부러져도 돈 벌어서 애들은 다 공부 시켜주겠다는 신념이 강했어. 우리 애들 뿐 아니야. 동네 누구 아들딸이 돈이 없어 공부를 못 한다 하면 내 돈 빌려주든지 돈 있는 지인한테 장학금을 받아다 주든지 했어. 엄마 혼자 키우는 애들, 생활보호대상자는 어떻게든 대학공부 다 시켜주고. 그렇게 공부한 애들이 고맙다고 찾아오지.

그녀가 마을에서 한 일 중 가장 특별한 일은 '수용소마을'로 불리던 동네 이름을 '해돋이마을'로 바꾼 것이다. 마을에 대한 애정과 통찰, 다음 세대를 위한 그녀의 마음에서 비롯한 결과였다.

우리 마을 도로명이 일본식으로 돼 있다고 국토부에서 바꿀 적에 통별로 이름을 지어오라 했어. 우리 마을이 옛날부터 '수용소'라 불렸지. 애들이 학교 가면 맨날 "니들 수용소 사나?" 그랬다는 거야. 어느 날 새벽에 물을 배급하고 산책로에 딱 앉아 있는데 해가 오륙도에서 싸악 올라오더라고. 우리 동네가 영도에서 최고 높으니까 해가 제일 먼저 보이니까 '해돋이'라고 지으면 어떨까 했어. 영도에서 해가 제일 먼저 뜨는 동네. 해돋이마을이라는 이름을 동을 통해 서울로 보냈는데 통과됐어.

30대 초반, 청학1동 부녀회장 시절
(오른쪽에 서 있는 이옥자 씨가 이웃 주민과 대화를 나누고 있다)

경로당 어르신께 식사봉사를 하고 있는 40대의 이옥자 씨

영도가 내어 준 방 한 칸

내가 만난 이옥자 어머님은 (어쩌면 타고나기를) 이타적이고 책임감이 강한 사람이다. 하지만 무엇보다 부모의, 남편의 협조도 없이 자신의 길을 스스로 선택하고 추진해, 결실을 얻은 경험들이 지금의 그녀를 만들었을 것이다. 그녀는 '엄마 이옥자'로 살기 위해 '아내 이옥자'를 버렸고, 마을 사람들과 더불어 잘 살기 위해 '통장 이옥자'라는 수식어를 선택해 노력을 다했다.

3년만 살고 갈라는 게

그녀에게 영도影島는 행복만 떠올리게 해주는 곳일 리 없다. 불행한 결혼생활을 시작한 곳이자 고된 하루의 끝자락에 있던 곳이었으니까. 그러나 그녀는 자신과 자녀들을 위해 최선을 다했고 그렇게 살아온 자신의 삶을 긍정했다. 무엇보다 그녀는 가장 밑바닥까지 떨어진 자신을 받아주고 다시 서게 해준 청학동을 사랑한다.

> 내가 여기 와서 딱 3년만 살고 갈라했어. 나라면 그 정도 노력하면 분명 더 좋은 데서 살 수 있었을 테니까. 내는 사는 데는 자신 있게 살았어. 우리 딸이 내가 롤모델이래. 우리 엄마만큼만 살면 어디가도, 바윗돌 위에 가도 살 수 있다고. 그런데 벌써 40년 넘게 살고 있어. 마을 사람들한테 정이 들어 버렸거든.

'어떻게' 살아오셨기에 3년만 살다 갈 걸 40년 넘게 살게 되었을까 싶었는데 그 답을 알 것 같다. 그녀는 나 또는 내 가족만이 아닌 마을의 구성원으로서 자신을 생각하고, 함께 살아갈 방법을 골몰하고, 행동에 옮기는, 단순하지만 어려운 일을 했다. 그 어려운 걸 해왔기에 그녀는 여전히 이 마을에서 오랜 시간, 의미 있게, 활력 있게 살고 있는 것이다.

70세의 이옥자 어머님은 여전히 마을에 필요한 사람이다. 고령의 마을 어르신들은 핸드폰이 잘 되지 않거나 모르는 이로부터 전화가 오면 먼저 그녀를 찾는다. 부모님을 기쁘게 해드리고 싶다면 '소소한 도움을 구하라'는 말이 있다. 배려라는 이름으로 노인을 모든 활동에서 배제시킨다면 그들은 병들게 된다. 이옥자 어머님은 그 소소한 도움을 나누고 있다. 그녀에게 영도 청학동은 관계로 더불어 '여전히 세상에는 나라는 사람이 필요하다'는 걸 느낄 수 있게 해주는 곳이다.

> 내가 살면 얼마나 살까, 길어봤자 10년인데. 동네 어르신들이 나를 이틀을 안 보면 궁금해 죽는다. "옥자 뭐 하는데 빨리 온나. 우리 잊어삐릿나 내삐릿나" 할 때 기분이 억수로(굉장히) 좋은 거야. 내가 필요하다는 것 같아서.

그녀가 가장 힘들었을 때 떠올렸다는 영도 청학동. 자식을 길러내고 이웃을 도우며, 수용소마을을 해돋이마을로 바꾸어 놓았으니 그녀는 영도가 내어 준 방 한 칸 값어치 이상은, 아니 수십 배, 수백 배의 몫을 하신 게 아닐까 싶다.

> 해돋이마을은 내가 쓴맛과 단맛을 다 본 동네다. 쓴맛보다 단맛을 더 많이 봤겠지. 어딘지 모르게 물 밑에, 안 보이는 곳에서부터 인정이 흘러넘치거든. 내가 남한테 도움을 많이 받은 거 같아. 물질적으로 받은 것 보다 서로 단결해야 살 수 있다는 걸, 내가 살아가는 법을 가르쳐 준 동네니까.

청학동 해돋이마을 알리기에 앞장서고 있는 이옥자 어머님

영도 — 타향에서 고향으로

청학동 해돋이마을 전경과 골목길

3 영도가 내어 준 거리

이야기 5

전라남도 영암군
양영기
59세

1961년생
전남 영암군
순찰차, 화물차, 버스
영도 영선동 미니아파트
영도 시내버스 운전경력 30년
산복도로 6번 버스

운전대 잡는 게 업業이 될지 몰랐다고.
정말요?
제 눈엔 운명인걸요.

의경시절 순찰차를 타고
제대 후 화물차를 타고
지금은 산복도로 버스를 타고
영도의 거리를 달리는 양영기 씨.

그에게 허락된 1평 남짓 공간에서 만나는
영도 사람의 일상 이야기.

영도에는 봉래산 허리까지 집들이 있는데, 거기 맨 위에 난 도로를
'산복도로', 그 아래 난 도로를 '중복도로'라 한다. (영도 사람은 큰 구분
없이 산복도로, 중복도로, 또는 청학동 배수지길이라 부른다) 한쪽은 산
풍경이, 다른 한쪽은 바다 풍경이 펼쳐지고, 모양도 크기가 다른 집들이
어깨를 맞대고 있는 곳. 누군가 가장 영도다운 곳이 어디냐 묻는다면
나는 반드시 산복도로를 이야기한다. 실제 외지에서 손님이 오면, 나는
일부러 산복도로를 통해 이동하곤 한다.

영도에 살고 있는 나는 출근을 하거나 시내에 갈 때 자주
산복도로를 이용한다. 신호가 없고 막히지 않아 특히 출퇴근 시간에
선호한다. 산복도로와 연결된 좁은 골목을 자유자재로 다닐 때면
'내가 진짜 영도 주민이구나'라는 생각이 든다. 산복도로를 달리다보면
시내버스를 자주 만난다. 6번이나 9번 버스. 편도 1차선의 좁고 구불한
도로를 능숙하게 달리는 커다란 시내버스를 보면 운전의 고수가
여기 있구나 싶다. 하늘색 시내버스는 멀리서 보아도 단연 돋보인다.
산허리에 푸른 파도가 넘실대는 모습이랄까.

양엉기 씨는 영도 산복도로 6번 버스 기사다. 봉산마을에서 출발해
흰여울마을 입구를 지나 중구 공동어시장을 거쳐 서구 괴정동까지.
그리고 다시 영도로. 그는 10년을 한결같이 6번 버스와 함께했고,
하루 중 상당 시간을 1평 남짓 운전석에 앉아 거리를 누빈다. 그리고
누구보다 가장 가까운 곳에서 영도 사람의 일상을 만나고 있었다.

누구한테 타치(간섭) 안 받을라고 운전대 잡았는데
그라다 보니까 이게 업이 돼뿟네.

운전대, 너는 내 운명

양영기 씨는 전라남도 영암 출생이다. 1982년 의경에 입대하면서
부산으로 오게 된다. 그는 그때 처음 순찰차 운전대를 잡고 부산의
거리와 만나게 된다.

> 부산 금정경찰서 의경이었어요. 만 36개월 복무했고
> 85년도에 제대했습니다. 그때는 교통순찰차를 운전하며
> 금정구 관할을 돌았죠.

그의 머릿속에는 여전히 구서동 일대가 훤하다. 골목골목 다니지 않은
곳이 없기에. 제대 후에는 함께 순찰차를 탄 직원의 소개로 부곡동에
있는 알루미늄 절단회사에 들어간다. 제대하자마자 취업이 되는 바람에
그는 고향에 돌아갈 생각을 하지 않는다. 하지만 첫 직장에서의 일은
그리 녹록치 않았다.

> 사장이 퇴근시간을 안 지켜주는 거야. 밑에 직원들도
> 있는데 퇴근 시간 되면 자기는 거래처 간다고 가불고. 내가
> 그때는 총책임을 지고 하니까 무조건 저녁에 경비아저씨
> 출근하면 "문 닫아라 퇴근해불자" 이라고 직원들 전부
> 다 데꼬 퇴근 해부렀어요. 그래서 (사장과) 맨날 싸웠지.
> 거기서 몇 년 있다가 도저히 안 돼가지고 그만뒀습니다.

첫 회사에서 나온 그는 다시 운전대를 만지게 된다. 바로 보온재를
운반하는 영업용 화물차였다.

> 다니던 회사 바로 밑에 영업용 화물차가 있더라구요.
> 거기 물어 보니 (사람을) 구한다고 해가지고 바로
> 갔습니다. 부곡동에 있는 금강주식회사였어요. 슬레이트

만들고 영업도 하는 곳인데 5톤짜리 영업용 화물차를 운전하는 월급쟁이로 일했죠. 거의 부산, 울산, 많이 가면 여수 쪽으로 다녔죠. 그게 80년도 후반쯤이었는데 한 달 월급이 30만 원 정도 됐을까요. 아파트를 지을 때 보온재로 들어가는 유리면을 운반했는데 그게 전부 다 유리가루잖아요. 여름에는 몸이 너무 따갑고, 땀 흘리면 먼지가 전부 몸에 붙고 했어요.

3년 정도 영업용 화물차를 몰던 그는 일을 그만두고 다른 일을 찾기로 한다. "배운 게 도둑질"이라며 다시 운전 일을 알아본다. 그렇게 만난 일이 버스 운전이다. 시작은 고향인 영암에서였다.

91년에 영암읍 영암교통에서 군내버스로 시작했어요. 부산 금정에 버스기사 모집이 그때 없었어요. 촌에는 후배들도 하고 있었으니까 경험 삼아 한다고 갔죠. 아내와 애들은 두고 혼자 가서 부모 집에서 출퇴근했어요. 내 꿈은 버스도 하고 농사도 지면서 같이 어떻게 해볼라고 했는데 안 맞더라구요. 후배들이 많다 보니 맨날 어울려서 술 묵재 뭣 허재 도저히 안 되겠어요. 그래서 1년 정도 하다가 다시 부산으로 올라왔죠.

지금 영도 내에 버스 회사는 남부, 신한, 유한여객이 있다. 그가 버스 일을 시작할 당시에는 영도에 삼화와 세진까지 총 다섯 개의 여객회사가 있었다고 한다. (삼화와 세진은 차고지가 있던 금정구 쪽으로 통합되어 갔다) 그 중에서도 그는 영도에 있던 자형의 소개로 '남부여객'에서 일을 시작하게 된다.

그때 남부여객 노선이 7개인가 됐는데 제가 처음 운전한 게 12번 버스였습니다. 중리 조양아파트 앞 주차장에서 출발해 중리해녀촌 앞을 지나 흰여울마을, 영선동

아랫로터리 거쳐 영도대교로 건너갔죠. 남포동에서
대신동쪽으로 해가지고 안구평[1]까지 왕복으로 왔다 갔다
했어요. 12번 버스를 한 3년 했을 거예요. 영도에서 12번
타는 사람은 주로 남항시장이나 충무동새벽시장에 가는
사람들밖에 없었어요. 영도에서 거기까지 가면 다 내려서
버스가 휑하고 하니까 결국 노선이 없어졌죠.

그가 다음으로 운행한 70번 버스는 노선이 비슷한 편이지만 12번
버스보다 여건은 훨씬 나았다고 한다. 중리 조양아파트에서 출발해
민주공원(당시 대청공원)까지 왕복 운행하는 노선이었는데 시내도
들르고, 공원도 올라가는 차이다 보니 승객이 많은 편이었다. 70번
버스를 14년 반 정도 타다가 만나게 된 게 지금의 6번 버스이다.
　　6번 버스는 영도 내에서도 봉래동 산복도로와 남항동 일대를
운행한다. 6번 버스 영업소는 현재 봉산마을(봉래동 산복도로 마을)에
위치하고 있는데 집이 가깝다는 이유로 선택했다고 한다. 남부여객
버스 중에서도 6번 버스만 봉래동 영업소에 자리하고 있다. 그의
집에서 영업소까지는 걸어서 20분 정도 걸린다.

제가 버스를 운행한지 28년째인데, 6번 버스를 10년 정도
탄 거 같네요. 6번 버스 영업소가 집에서 가까우니까
운동 삼아 걸어 다니려고 선택했습니다. 버스 근무는
2교대인데 일주일 씩 '갑반'과 '을반'으로 돌아갑니다.
일주일은 주간 근무, 일주일은 야간 근무를 하는데 출근
시간은 각자 다르고요. 갑반은 오전반인데 아침 첫차가
오전 4시 50분에 나가는데 마치면 오후 1시, 거의 2시가 다
되지예. 을반은 오후 5시 반쯤에 나가는데 막차가 12시라
마무리하고 나면 새벽 1시에 퇴근합니다.

1　부산 사하구 구평동 일원을 일컫는 말로 주 도로인 감천항로를 기준으로 공단이
　　있는 안쪽을 안구평, 바다와 인접해 조선소 등이 위치한 곳을 바깥구평이라 부른다.

버스를 자주 타지만 기사님과 개인적으로 대화를 나눠본 건
처음이었다. 나는 먼저 그의 일과를 여쭈어보았다.

> 출근하면 돈통 달고, 시동 걸고, 출발 전에 아이디번호
> 입력하고 시간에 맞춰 출발하고. 영업소에서 나오면 바로
> 좌측으로 꺾습니다. 그러면 약국이 나오고, 목욕탕이
> 나오고, 오른쪽으로 바다가 보이긴 한데 승객분들 타시는
> 거 보느라 감상할 여유는 없고요. 흰여울마을 앞으로
> 지나갈 때 이송도 바다랑 남항대교가 잠시 보이지예.

그는 6번 버스를 타며 본격적으로 영도 산복도로를 누비게 된다.
이제는 산복도로 운전 10년 경력의 베테랑이지만 그에게도 처음이란
있었을 터. 처음 6번 노선을 받아 운행할 때의 기억을 여쭤보았다.

> – 6번 버스 노선이 산복도로잖아요. 혹시 처음 운전하실 때
>   어려웠던 점은 없으셨어요?
> : 좁아서 글치 큰 어려움은 없어요. 다만 사람들이
>   지금은 좀 많이 안 뛰어 다니는데 애들이고 어른이고
>   길이 까무락지다 보니까(가파르다 보니까) 골목에서
>   불쑥 뛰어 내려와예. 그때 내가 몇 번 식겁해가지고
>   그때부터는 천천히 달리지예. 옛날에는 그것 때문에
>   사고 많이 났었다 하대예. 이제는 옛날보다 길이
>   많이 넓혀졌죠. 옛날에는 누가 길가에 주차해놓으면
>   지나가지를 못했어요.

영도 신선동에서 보는 흰여울마을 앞바다 풍경

영도 영선동 미니아파트

1년이지만 고향에서 쌓은 버스운전 경력은 부산에서 버스 일을
시작하는데 큰 도움이 되었다. 무엇보다 그에게는 먼저 부산에 와
정착한 누나가 있었다. 영도 영선동에 살고 있던 누나 내외의 소개로
그는 영도에 첫 발을 들였고 버스 일도 시작하게 되었다.

> 영도는 자형이 소개해서 왔죠. 자형은 지금은 돌아가시고
> 안 계신데 그때 영선동 미니아파트 통장이었어요. 내가
> 부산에서 이사를 안가고 있으니까 자형이 "그라믄 여기
> 와서 버스해라" 해가지고 왔죠. 그래서 부곡동에서
> 영선동으로 이사를 왔어요. 남부여객도 자형 소개로
> 들어갔어요. 남부여객이 원래 미니아파트 근처에,
> 이송도 곡각지 삼거리 쪽에 있었거든요. 거기가 지금은
> 흰여울마을 주차장으로 변했다 아닙니까.

그의 누나와 자형은 모두 영암 사람이다. 영암에 살다 중매로 결혼한
후 부산에 이주해 영선동에서 슈퍼를 운영했다. 그의 말에 따르면
당시 누나 부부 말고도 영도에 고향 사람이 제법 많이 살았다고 한다.
재밌는 것은 그때나 지금이나 영선동 미니아파트에 유독 전라도
사람이 많이 살았다는 것이다.

> 미니아파트가 거의 다 전라도 사람들이에요.
> – 이유가 뭘까요?
> : 모르죠. 이상하게 여기로 전부 모태졌네요. 그러니까
>   옛날에 김형오(前영도지역구 국회의원)가 선거운동
>   할 때 전라도 사람 많다고 미니아파트는 안 온다 했다
>   아닙니까. (하하) 어차피 선거운동 해봐야 안 찍어준다는

거 아니까. 아파트에서 얘기하다 보면 거의 다 전라도
사람이에요.

인터뷰를 하며 만난 분 모두, 공통적으로 한 이야기가 "전라도
사람들은 단체(단결)가 좋다"는 것이다. 만약 그의 말대로 미니아파트
거주민 대다수가 전라도 사람들이었다면, 정확하진 않아도 타향에서
살아가기 위해 유대나 정보가 필요했던 사람들이 모이고 모이다 보니
자연스럽게 이런 집성촌 비슷한 형태가 만들어지지 않았을까 싶다.
　　동향 모임도 마찬가지다. 영도에 제주도민회, 호남향우회,
충청향우회, 남해청년회 등이 많은 이유도 그 때문일 것이다. 양영기 씨
또한 그 보이지 않은 울타리로 인해 도움을 얻었고, 타향인 영도에서
자연스럽게 안착할 수 있었다. 그리고 영도 생활 30년차인 그는 이제
'영도사람 양영기'가 되었다.

영도서 만난 사람들도 많아요. 산악회 사람들은 전국 사람
다 모였어요. 그리고 우리 남부여객 회사 사람들. 회사
사람들 참 좋아요. 이웃 사람들도 좋고예.

영선동 미니아파트 전경

영도가 내어 준 거리

1평 남짓, 운전석에서 만난 사람들

그와 만나기 전 문득 생각했다. 사람들과 가장 가까운 곳에 있는 그를
통해 영도 사람들의 일상을 엿볼 수 있겠구나 하고. 버스 운전을
하며 그는 영도 산복도로에 사는 다양한 사람들을 만난다. 남녀노소,
목적지도, 타는 시간대도 다른 사람들. 10년 가까이 6번 버스를
운행하다 보니 이젠 사람들이 어떤 일을 하는지 유추도 가능하다고
한다. 첫차부터 막차를 타는 사람까지 말이다.

> 아침 7시는 주로 출근하는 사람들이 탑니다. 영도대교
> 정류장에 내려 지하철로 환승하죠. 서구 괴정동에서
> 회차回車해서 남포동쯤 오면 또 사람들이 많이 타는데
> 영도 쪽으로 출근하는 사람들입니다. 특히 8시쯤 타고
> 영도 들어오는 사람들은 대개 남항동이나 아랫로터리에서
> 많이 내리는데 거기가 다 선박회사나 공장 아닙니까.
> 외출복이긴한데 얼굴이나 옷 입은 걸 보면 표시가 납니다.
> 나이가 좀 있는 사람들은 작업복을 그냥 입고 타기도
> 하고요.

그의 얘길 듣다 보니 영도가 산업시설이 많은 도시 공간이라는 게 새삼
느껴진다. 아침 출근 버스는 일상을 시작하는 활력과 일상의 무게가
동시에 존재하는 곳이다. 양영기 씨는 10평 정도 크기의 버스 안에서
여러 감정이 뒤섞인 공기를 느끼고 있었다.

> 점심부터는 시장 보러 가는 할매들이 많이 탑니다. 할매들
> 진짜 대단합니다. 물건 산 것 들쳐 메고, 양손 가득 들고
> 아니면 구루마(손수레) 가득 끌고 정류장에 서 있어요.
> 문이 열리면 손에 든 걸 계단 위로 하나씩 땡겨 놓고,
> 지팡이도 땡겨 놓고 그제서야 올라옵니다. 물건 사오는

사람이 있고 물건 팔러 가는 사람도 있는데 충무동
새벽시장에 많이 가대요. 거기가 좀 싸답니다. 걸음도 잘
못 걸으시는데 거의 매일 시장에 다녀요. 할매들 버스 타고
내리실 때 3박 4일 걸립니다. (하하) 그래도 기다려드리죠.

막차를 타는 사람에게선 알 수 없는 애환이 느껴진다고 한다.

아무래도 어디서 한잔씩 묵고 오는 사람들이 많죠.
옛날에는 괜히 가만히 있다가 혼자 고함지르고
옆 사람에게 시비를 붙이고 그런 사람이 많았는데 요새는
낫습니다. 그런 사람들 보면 곤란하기도 한데 뭔가 짠하죠.
무슨 힘든 일이 있어 저렇게 취했나 싶어서.

살면서 미처 모르는 것이 있다. 나에게는 첫차가 그렇다. 세상보다 더
일찍 새벽을 깨우는 사람들은 어떤 분들일까.

새벽 첫차를 타는 사람은 전부 다 공동어시장이나
충무동새벽시장에 가는 사람들이에요. 일하러 가는 거죠.
– 시장에 간다는 건 어떻게 아세요?
: 전부 다 자기 일하는 연장을 들고 있어요. 내나
'까구리'² 라고 어시장에서 일을 하기 때문에 그런 것을
주로 가지고 탑니다. 고신대 복음병원에서 내리는 사람도
많고요. 오전 근무하러 출근하거나 오후에 나가 새벽
근무하고 퇴근하는 경비 아저씨들도 많이 타요. 새벽차를
타는 사람들은 다 그런 분들이죠.

---

2 '갈퀴' 또는 '갈고랑이'의 방언이다. 끝이 뾰족하고 굽은 물건으로, 끝부분을 주로
   쇠로 만들어 물건을 걸어서 당기는 데 쓴다. 어시장에서는 생선이나 그물을
   잡아당길 때 주로 갈고랑이를 사용한다.

그의 말을 듣고 얼마 뒤, 첫차를 타보았다.

새벽 4시 반, 그날은 이른 새벽부터 제법 많은 비가 오고 있었다. 종점에는 나이 지긋한 어머님 두 분이 첫차를 기다리고 계셨다. 4시 50분, 어머님 두 분과 나를 태운 첫차가 출발했다.

첫 정류장에서 두 명, 다음 정류장에서 세 명, 또 다음 정류장에서는 네 명. 놀랐다. 첫차를 타는 사람이 이렇게 많다니. 4시 59분, 남항동쯤 오니 만차滿車다. 어머님 열여섯, 아버님 셋. 모두 연세 지긋한 분들이다. 꽃무늬 가방, 까만 가방, 철제 구루마(손수레). 모두 무언가를 등에 메거나 손에 들고 있었다. 영도의 새벽은 어르신들이 깨우고 있었다. 첫차를 타는 분들은 서로 알은체 하지 않았지만 서로 아는 듯 했고, 가까운 사이는 아닌 듯 보였지만 다정하게 담소를 나누기도 했다.

형광 조끼를 입은 한 어머님이 버스에 올랐다. 그녀는 손수레를 끌고 차에 올라 내리는 문 가장 가까운 곳에 자리를 잡았다. 형광 조끼 어머님의 성은 '정'씨, 올해 75세다. 경남 남해가 고향인데 영도 신선동에 살고 있다. 어머님은 충무동 새벽시장에서 각종 채소를 사다 영도 남항시장 쪽 노점에서 판다. 요즘이 명절 대목이라 차례상에 올라가는 도라지와 고사리를 주로 파는데, 오늘도 도라지를 사러가는 길이라고 한다. (그날은 추석 직전이었다)

새벽에 물건을 사와 오전 내 집에서 다듬어, 오후에 주부들이 장을 많이 보는 시간에 가져다가 파는 게 그녀의 일과다. 대목이 아닐 때는 화요일과 일요일에만 시장에 나간다. 소일 삼아 매일 하고 싶지만 노점 자리가 귀해 늘 나갈 수 없다 한다. 이른 시간부터 이런 저런 질문으로 귀찮게 해드린 것 같은데 어머님은 "잠시라도 이야기를 나눠줘 고맙다"는 말을 건네고 자리에서 일어나신다. 나 또한 감사한 마음에 남항시장에 채소를 사러가겠다 했다. 그렇게 어머님은 손수레와 함께 아직 어두운 새벽시장 속으로 사라졌다.

양영기 씨의 말처럼 거의 절반 정도는 충무동새벽시장에서, 또 대부분은 고신대학교 복음병원 정류장에서 내렸다. 병원 정류장에서 버스에 오르는 분도 많았다. 시름 가득한 얼굴. 그녀는 밤새 아픈

　　　　　　　　　영도 — 타향에서 고향으로

6번 버스 첫차 안

고향은 남해, 영도 신선동에 사신다는 정○○ 어머님이 첫차에 오르고 있다

고신대학교 복음병원에서
탑승한 승객

첫차를 타고 본 영도대교 너머 풍경

영도가 내어 준 거리

누군가를 돌보았을 거다. 그녀의 얼굴을 보니 와병 중인 아버지를
간병하던 어머니의 얼굴이 겹쳐졌다.

부산천연가스발전소 정류장에서는 중년의 남자 어르신들이 버스에
올랐다. 나중에 양영기 씨에게 여쭤 보니 발전소에서 밤 경비근무를
마치고 퇴근하는 분일 거라 한다. 누군가에겐 하루를 시작하는 시간이,
그들에겐 하루를 마무리하는 시간이었다. 종점인 괴정초등학교
정류장에 다다르니 5시 30분. 버스는 다시 영도로 향했다. 푸른빛이
가득한 새벽의 영도대교와 깡깡이마을, 봉래동 산복도로에 하나 둘
켜지는 노란 불빛들. 6번 버스 창밖으로 이제 막 깨어나는 영도의
모습이 파노라마처럼 펼쳐졌다.

양영기 씨는 10년을 하루 같이 이 길을 달렸을 것이다. 첫차를
타는 사람을 위해 더 일찍 하루를 깨우고, 막차를 타는 사람을 위해 더
늦게 하루를 마무리하며 말이다.

그는 오늘도 달린다

사람마다 공간을 경험하는 방법은 다르다. 그중에서도 양영기 씨는
도로 위를 달리며 영도를 보고 경험했을 것이다. 거기서 사람을 만나고,
거리를 보고, 마을을 보았을 것이다. 그런 그는 영도를 감각으로
기억한다.

> 영도 들어오면 일단 공기부터 달라집니다. 시내 나가면
> 옛날에는 에어컨이 없었다 아닙니까. 창문 열고 다니면
> 시내에서는 숨이 칵칵 막히거든요. 영도다리 들어오면
> 벌써 선선한 바람이 붑니다. 영도는 확실히 달라요.

1평 남짓 운전석에 앉아, 달라진 공기로 영도를 느낀다는 양영기 씨.
아직도 전라도 사투리를 쓰고, 어디서든 자신의 고향이 전라도라고

말하지만 다시 고향에 돌아갈 생각은 없다고 한다. 영도는 양영기 씨에게 가장으로서, 자신감을 갖고 살아갈 수 있도록 길을 열어준 곳이기 때문이다.

> 영도, 괜찮죠.
> 집이 작다 보니께 큰 데로 이사 가자 하죠.
> 그래도 어디로 갈지 얘기할 때 영도는 안 벗어나요.
> 영도는 저 같은 서민들 살기에는 최고로 나은 것 같은데.
> 크게 차이나는 저기가 없으니까, 자신감 갖고 살 수 있는 거죠.

정년으로 인해 그가 버스를 운전할 수 있는 기간은 5년 남짓. 그는 운전대를 놓는 그날까지 6번 버스를 타고 산복도로를 달릴 것이라 한다. 영도 사람들의 새벽, 아침, 낮, 저녁, 그리고 밤을 싣고.

영도가 내어 준 거리

이야기 6

전라남도 보성군
박동진
65세

1954년생, 전남 보성군 벌교읍, 태백산맥
영도 제관공장
7공수여단, 광주민주항쟁
경찰생활 30여 년, 영도경찰서 형사반장
호남향우회

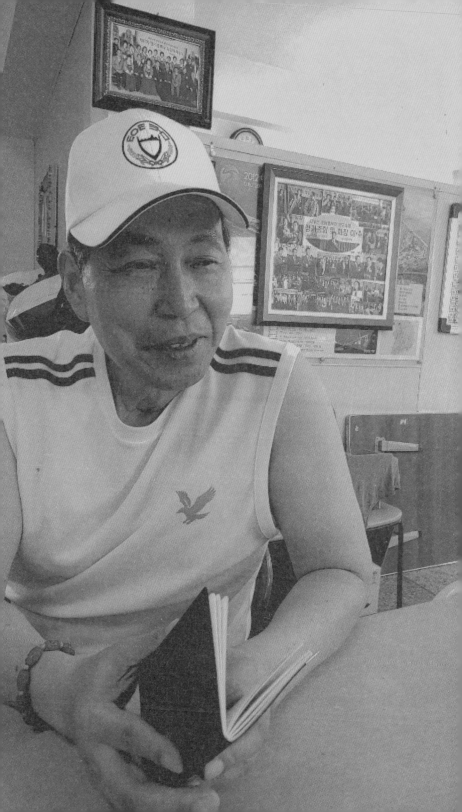

영도의 거리를, 골목을
제 집처럼 뛰어다녔다.
눈을 감아도
그 시절 골목이 눈앞에 훤하다.

경찰생활 30여 년,
박동진 형사가 거리에서 마주한 영도는
희노애락이 분명한 곳.
즐거움, 눈물, 슬픔, 고통이 교차해
피가 끓고, 정이 넘치고, 감정이 출렁이는 곳이었다.

벌교 사나이의 남항동 정착기

전화기 건너 목소리가 어딘가 힘이 없었다.

호남향우회란 곳이 궁금해 향우회장님의 연락처를 수소문해
전화를 드린 참이었다. 회장님은 호남향우회 영도지회 사무실에서
보자고 하셨다.

토요일 오후 3시. 계단이 무척 예스러웠다. 2층 공간에 들어서자
계절과 사람의 열기로 후끈했다. 토요일마다 회원분들이 친목을 다지기
위해 사무실에 와계신다는 얘길 미리 들었다. 몇 분은 담소를, 몇 분은
가벼운 게임을 즐기고 계셨다. 역대 회장의 모습이 담긴 사진액자와
낡은 장식장 속 트로피, 군데군데 녹슨 철제 캐비닛. 시간이 멈춘 듯한
공간이었다. 그리고 그 공간 한 가운데서 멈춘 시계에 건전지를 넣고
있는 한 사람이 있었다.

오셨어요? 찾기 어려웠을 거인디.

익숙한 목소리. 박동진 회장이었다. 그는 다부진 체격에 흰 피부를
가지고 있었다. 통화 목소리와 외모가 잘 어울리지 않아 먼저 인사를
건네지 않으셨다면 못 알아 봤을 것이다.

－혹시 전에 무슨 일을 하셨어요?
：영도경찰서 강력계에서 형사 일을 했어요.

그제야 이분에게서 오래 운동해 온 사람의 흔적이 보이는지 알 수
있었다. 범죄 사건을 해결하기 위해 영도 골목 구석구석을 누비고
다녔을 박동진 씨. 그의 이야기를 듣다 보면 영도의 그림자, 영도
사람의 숨은 성정을 조금이나마 들여다볼 수 있을 것 같았다.

내 고향은 벌교. 아부지는 군대에서 헌병대로 근무하셨고
나중에 농사를 지셨죠. 제가 열일곱 살 때 아버지가
돌아가셨어요. 그때 외삼촌이 영도 봉래동 시장에서
과일장사를 하고 있었는데 어머니한테 고생하지 말고
조카들 데리고 부산으로 와라 했죠. "부산이 애들
교육시키기도 좋으니 동생아 온나"라고요. 그렇게 우리
가족 모두 1973년에 부산에 왔죠.

아버지의 갑작스런 부재不在. 이미 부산에 정착해 있던 외삼촌의 부름은
그의 가족에게 희망이었을 것이다. 외삼촌의 도움으로 그의 가족은
영도 남항동 남항시장에 정착한다. 그의 어머니는 그곳에다 가게
하나를 얻어 전라도 벌교에서 차떼기¹로 받아온 미곡을 판다. 그의
어머니는 집안의 가장으로 낯선 영도 땅에서 다섯 남매를 훌륭하게
키워내신 분이었다.

　　　　우리는 시장 안 주택에서 미곡상을 하며 살았어요. 우리는
　　　　어머니 때문에 먹고 살았죠. 어머니는 미곡상을 하다가
　　　　시대의 흐름에 따라서 접고 야채도 팔고 그러셨어요.
　　　　수완도 있으시고 곧은 분이었어요. 고생 어마어마하게
　　　　하시다가 79세에 돌아가셨죠.

벌교상고를 졸업하자마자 부산으로 온 스무 살 박동진, 집안의
장남이었던 그는 살림에 보탬이 되고자 영도에서 일자리를 찾는다.

　　　　40년 전 얘긴데 그때 영도에 선박일이라든지 조그만
　　　　제관회사, 박스회사, 로프회사가 많았죠. 저는 청학동에
　　　　있던 '한일제관'이라고 통조림통 만드는 회사에서

1　화물차 한 대 분량의 상품을 한꺼번에 사들이는 것을 뜻한다.

다녔어요. 통조림통은 큰 철판을 일본 닛뽄스틸에서
가져와 도금을 하고, 잘라서 똥그랗게 만들었죠.

그는 한일제관에서 3년 정도 근무한다. 조금 더 일을 했을 수도
있었지만 그곳을 그만둔 데는 나름의 이유가 있었다.

회사에서 너무나 월급도 적게 주고 해서 조금 한바탕
했지. 옛날에 한바탕 한다는 것은 노조. 내가 그때 전태일
평전이라든지 이런 걸 봤는데. 일은 우리가 하는데 도대체
돈은 누가 버나 싶었어요. 그때 사장이 박정희 정권에서
평통[2] 위원이었어요. 그래가지고 끗발이 엄청 셌죠. 쪼끔
잘못하면 직원들 다 짤라 버리고 그랬으니까.

회사 측의 부당한 대우를 참지 못하고 항의하기도 했지만 허사였다고
한다. 회사를 그만두고 군에 다녀와 다른 회사에도 가봤지만 상황은
마찬가지였다.

노동운동을 했다고 하기도 민망해. 그저 아닌 걸 아니라고
얘기했을 뿐이야. 거기 부장이라는 사람이 밑에 사람들을
사람 취급을 안 하니까 "이러시면 안 됩니다. 똑같은
사람인데 왜 인격적인 모독을 합니까" 그랬지. 그러면
"인마 이기 빨갱이네 이 새끼" 이래. 그럼 내가 "말조심
하십시오" 그랬지.

2 '평화통일정책자문회의'의 약어로 민주적 평화통일에 관한 국민직 합의를 확인하고,
   범민족적 의지와 역량을 집결하여 민주적 평화통일을 달성함에 필요한 제반정책의
   수립 및 추진에 관하여 대통령에게 건의하고 그 자문에 응하기 위해 구성했다고
   사전적으로 알려져 있다. 당시 평통 위원이라 하면 지역유력자를 의미하기도 하였다.

그의 말에 따르면 당시에는 회사와 갈등을 일으키거나 노동자들끼리 단합하여 행동하면 빨갱이 취급을 당해 교도소에 보내졌다고 한다. 그러한 사실을 알고 있었음에도 부당한 점을 분명히 말하던 그였다.

불의를 참지 못하는 그의 성정은 군 시절 일화에서도 나타난다. 그는 당시 전북 익산군에 있던 7공수여단의 대원으로 입대한다. 그러던 1980년 5월, 그는 광주에 가게 된다.

> 제가 있던 부대에서 광주 민주화 운동 때 진압을 갔습니다. 한 달 가까이 있다가 우리는 외곽으로 나왔습니다. 그때 송정리 비행장에 모였을 때 제가 마이크를 잡고 이런 얘기를 했습니다. "왜 우리가 같은 민족끼리 이런 일을 해야 하나. 우리는 역사의 죄인이다. 우리의 주적은 김일성이지 우리 국민이 주적이 아니지 않습니까"라고요. 많은 분들이 제 얘기를 경청해서 들어주었습니다. 우리는 특수부대 출신인데 무장이 안 된 사람들을 대검으로 찌르고 그러면 안 되잖아요. 광주 민주화 운동은 엄연히 전두환 정권에서 유발한 겁니다. 정치적 혼란을 이용해 대통령이 된 것이지요. 다시는 이런 역사가 되풀이되면 안 됩니다.

그는 군 제대 후 스크린 인쇄 일을 했다. 회사에서는 그를 인재로 키우고 싶어 했지만 얼마 되지 않아 일을 완전히 그만두게 된다.

> 회사 다니면서 공부를 했죠. 회사를 6개월 정도 다니다가 시험에 합격해가지고 그만 뒀어요.
> ─무슨 시험이요?
> : 경찰 시험.

군복무 중 휴가를 나와 영도 봉래동에서 여동생과

경찰학교 교육 모습(뒷줄 왼쪽에서 세 번째가 40대의 박동진 씨)

영도가 내어 준 거리

거리에서 만난 영도 사람

영도에 온지 8년 만인 스물여덟 살 무렵, 경찰시험에 합격한 박동진 순경은 영도구 영선2동 파출소에 배치 받는다. 그때부터 그는 영도 구석구석을 누비게 된다.

> 내가 영선2동 파출소에 있을 때 강간강도 사건을
> 해결했어요. 그래서 84년도에 영도경찰서 강력반에
> 스카우트 돼서 형사가 됐죠.

형사들은 7년에서 10년 간격으로 다른 서(署)로 이동을 한다고 한다. 부패를 방지하기 위함이다. 그는 부산 중부, 동부서에서도 근무했다. 그럼에도 그가 스무 살부터 줄곧 살아온 곳, 30여 년 경찰생활 중 가장 오래 있었던 곳은 영도이다. 강력계에서, 외사계에서, 민원실에서, 많은 피해자와 피의자를 만나온 그였다.

> 영도는 배타고 거친 일 하는 사람들이 많다 보니 폭력사건,
> 그걸 강절도 사건이라고 하는데 그게 많았고, 살인사건도
> 많았고요. 술 먹고 순간적으로 저지르는 범죄도 많았죠.
> 배 타가지고 몇 천만 원 모아가지고 술집 여자한테 다 줘
> 불고, 그래서 마 뛰 내리고 자살한 놈도 있고. 아무것도
> 아닌 일 갖고 사람을 칼로 찌르는 경우도 있고. 열심히
> 일해가지고 자기 일을 하는 사람도 있고. 사람은 나쁘지
> 않은데 다소 감정적인 그런 게 있는 곳이었어요.

그와 만나고 얼마 되지 않아 화성연쇄살인사건의 용의자가 특정되었다는 소식을 들었다. 기사를 접하니 그의 이야기가 떠올랐다. 그가 일했던 90년대 또한 과학수사가 발달하지 않았던 시기라 숱하게 밤을 새고 발품을 팔며 수사에 임했다고 한다.

내가 해결한 사건 중에 여성을 강간하고 반항하니까
밧줄로 죽이고 불이 난 것처럼 하려고 했는데 그게 다 타지
않은 거예요. (피해자가) 옆에 호프집 도우미인데 거기에
직원들을 집중 배치시켜가지고 열흘 동안 이야기 하니까
(범인) 이름이 나오더라고요. 만약에 내가 동진이라면
성은 안 나오고 이름만 나와요. 전국적으로 그 이름을 다
뽑았어요. 그러니까 삼천 몇 백 명이 나와요. 그 다음에
경상도 말을 쓰더라 하니까 경상도로 압축을 시켰어요.
30대 중반이라 하니까 또 30대로 압축을 시켰어요. 그렇게
16일 만에 (범인을) 잡았어요. 호적등본을 떼 보니 경북
사람인데 영도에 누나 집이 있었어요. 사건을 저지르면
자기도 불안해서 어머니, 아니면 누나, 또는 애인집에
가있더라고요. 범인 잡으러 경북으로 갔으면 못 잡았겠죠.

무엇보다 사려 깊은 그의 성품은 여러 사건을 해결하는데 큰 몫을
하였다.

영도경찰서 뒤에서 큰 돌로 사람을 찔러 죽인 사건이
났어요. 그 때 한 사람이 서에 면회를 왔는데 얼굴에
엄청 큰 화상자국이 있어 마주보기도 힘들 정도였죠.
다른 형사들은 피할 정도였어요. 그 사람에게 내가 삼백
원짜리 커피를 한잔 줬어요. 그러니까 저를 쳐다보대요.
내가 명함 하나를 줬는데 그걸 받는 걸 보면서 이 사람이
이번 살인사건 때문에 형사들 분위기를 파악하러 온
것 같다는 생각이 머리에 스쳤어요. 그리고 새벽 2시에
삐삐가 와요. 느낌이 왔어요. 전화하니까 "반장님 저
압니까. 커피 한잔 뽑아 얻어먹었던 누굽니다" 이래요.
제가 "어디 있어요?" 이러니까 "술 한 잔 하고 있는데
송도로 오이소" 하더라고요. 가니까 조그만 탁자에 앉아
맥주 다섯 병을 놓고 혼자 마시고 있어요. 그 사람이 "제

동생이, 친동생처럼 데리고 있는 동생이 사람을 죽였는데
제가 데리고 있습니다. 반장님이 내한테 따뜻하게 해줘서
연락을 했습니다"라고 해요.

그의 작은 행동 하나로 이 사건은 해결된다. 그때 사건으로 그는
피해자는 물론 피의자들에게도 항상 친절하게, 공정하게, 따뜻하게
대해야겠다고 다짐한다. 겉으로는 거칠게 행동하지만 알고보면 마음은
여린 영도 사람의 내면을 알기에, 줄곧 다짐을 실천하려 노력한 그였다.

호남향우회

영도에 살고 있는 타향분들을 만나며 많은 향우회를 알게 되었다.
제주도민회, 호남향우회, 충청향우회 등. 그들은 정기적으로 만나
식사를 하거나 체육대회 등으로 친목을 도모하고 정보를 교류하는가
하면, 회원들의 경조사를 함께 챙긴다. 타향 사람끼리 서로 기댈 수
있는 든든한 울타리인 셈이다. 그 또한 향우회에서 오랫동안 봉사를
했는데, 그와 호남향우회 인연은 우연한 계기에서 비롯되었다.

내가 82년도에 경찰생활을 하고 있었는데 사격장(영도구
함지골수련관 인근) 쪽에서 호남향우회 정기총회가
있었어요. 그때 3천 명이 모였고 부산 시장도 왔었죠.
어마어마한 사람을 보고 대단하다 생각했죠. 선물로 수건,
도시락, 음료수를 하나씩 넣어가지고 주더라고요. 그땐
그냥 저런 게 있구나 하고 몰래 쳐다보고 있었지.

거리에서 만난 고향 사람들. 그는 동향 사람들의 벅적지근한 행사가
그저 놀랍고 신기할 따름이었다. 그러다 결정적으로 호남향우회와
인연을 맺는 계기가 온다.

막내 여동생이 있는데 얘가 중학교 다닐 때 우리가 형편이
너무 가난했어요. 어머니도 장사하재, 내 경찰 월급도
쥐꼬리만 하재, 동생들도 다 학교 다니재. 우리 어머니가
집이 어려우니까 여동생더러 인문계 가지 말고 상업계
가서 돈 벌어오라 했어요. 그러니까 얘가 밥을 안 먹고
사흘 동안 울고불고 난리를 했지. 그래서 내가 "어머니,
쟤가 저렇게 하고 있는데 인문계 보내줍시다" 그랬어. 말은
그렇게 해도 내 형편에, 경찰이 무슨 돈이 있겠습니까.
그런데 그때 호남향우회에 성적장학금 제도가 있었는데
전교 10%안에 들어가야 받을 수 있는 거였어요. 우리
여동생이 못해도 반에서 1, 2등을 하고, 3학년 때는 전교
1, 2등도 하고 그랬어요. 향우회에 안병선 씨라는 분이
본회에 추천해가지고 동생이 장학금을 고등학교 졸업할
때까지 받았죠. 그래서 내가 퇴직하고 나면 향우회에
나머지 인생을 바쳐야 되겠다 생각했어요.

그에게 호남향우회는 어려울 때 가족에게 도움을 준 인연이 있었다.
그걸 기억해두었다가 처음에는 회원으로, 이후 부회장으로, 현재는
회장으로 많은 헌신을 하였다. 특히 그는 호남향우회를 통해 어려운
환경에 처한 지역민을 돕는 일에 앞장섰다.

호남 사람만 뭉치자는 게 아니에요. 한 지역에 살며
늘 보는 사람들인데. 내 사위들이 다 경상도 사람이고
경상도 친구들도 많아요. 미국 텍사스 주의 1/4 밖에
안되는 게 우리나라인데 거기서 뭘 더 나누겠어요. 지역에
봉사하자는 게 우리의 신념입니다.

영도가 내어 준 거리

인생을 알려준 거리

군 제대 후 6개월 간 주경야독하며 경찰시험에 합격했고, 독서도
운동도 게을리 하지 않을 정도로 자리관리에 철저한 그였다. 하지만
형사생활을 하며 수사와 범인 검거에 전력을 다한 탓일까. 퇴직 후
그는 네 번의 수술과 항암치료를 했고 아직도 후유증을 안고 있다.
여전히 수사에 투입되어도 될 만큼 단단한 겉모습과는 달리, 작고
떨리는 목소리를 갖게 된 것도 그 때문이다.

> 경찰, 소방관은 대부분 70살까지 못 살아요.
> 너무 힘들어서 몸이 녹는 거죠

그는 부산에 이례적으로 함박눈이 내리던 날, 형사 동료들과
영도다리에서 함께 찍은 사진을 보여주었다. 사진 속 인물에게서 눈을
떼지 못하더니 한동안 말을 잇지 못한다. 그러다 "좋은 선후배였는데
먼저 가버렸다"고 말하는 그의 눈에는 물기가 어려 있었다.
　　자신의 삶은 내세울 것이 없다고, 열심히 살았지만 여전히
부끄럽다고, 더 힘들게 살아서 성공한 멋진 분을 만나보는 게
어떻겠냐며 한사코 인터뷰를 만류하던 그였다. 하지만 그가 자신의
건강을 잃어가면서까지 피해자들을 위해 최선을 다했던 마음, 어떤
사람이든 평등하게 대하고자 했던 사려 깊은 마음을 생각한다면
세상의 영웅은 따로 있는 게 아니라는 생각이 들었다.

> 우리 가족은 나로 인해 내내 전세 살고 무지무지하게
> 어려웠지. 내가 현직에 있을 때 최영 장군은 돈을 돌같이
> 하랬는데, 내는 돌 같이 보지 못했지만 돈을 밝히지는 절대
> 않았어요. 그렇기 때문에 우리 마누라, 우리 어머니, 동생들이
> 힘들었죠. 우리 두 딸들까지. 그래도 욕심 안 내고 죄 안 짓고
> 살아서 인가. 우리 두 딸 모두 시집가서 잘 살아요.

눈 오는 날, 영도경찰서 옆 영도다리에서 형사 동료들과
(가운데가 50대 초반의 박동진 씨)

영도가 내어 준 거리

순경 시절, 타고난 감각으로 사건을 해결해 강력계에 스카우트 된 그는 영도 전역을 누빈다. 그가 30여 년을 한결같이 버틸 수 있었던 것은 영민한 두뇌 덕도 있지만 8할이 강직한 성품과 부지런한 두발 덕이었다. 영도의 거리에서 인생을, 사람을 배웠다는 박동진 씨. 영도를 깊숙이 경험한 그에게 과연 영도는 어떤 곳일까?

> 제가 본 영도는 희노애락이 교차하면서 활력이 넘치는 곳이에요. 즐거움, 눈물, 슬픔, 고통 이런 것이 마구 교차하는 살아있는 곳이죠.

호남향우회 건물에서 나서는 박동진 씨

3 영도가 내어 준 가게 한 칸

이야기 7

강원도 홍천군
양영자
64세

1956년생, 화전민의 딸
강원도 홍천군, 화천군
대평동 부식가게 30년
두 개의 고향

대평동은 우리 가족을 살게 하고
지금의 나를 있게 해줬죠.
한없이 베풀어 주는 동네 사람이 있고
왁자하니 사람 냄새 솔솔 나는 그런 곳이었어요.

내 고향 강원도는 정말 아름다워요.
그렇게 고생을 했는데
돌아보면 아름다운 풍경만 떠오르네요.

언젠가 고향에 갈 수 있을까요?
그런데 고향에 돌아간다면
정든 동네언니들 때문에
마구 눈물이 날 것 같아요.

화전민의 딸

양영자 어머님은 내가 깡깡이마을에서 일하던 시절부터 봐오던
분이다. 그녀를 떠올리면 밝은 미소가 먼저 기억난다. 한시도 놀리지
않던 두 손도 기억난다. 그녀는 마늘을 까거나, 도라지를 쪼개거나,
고구마줄기를 벗기거나, 그렇지 않으면 저녁을 준비하고 있었으니까.
　　무엇보다 양영자 어머님하면 부식가게가 생각난다. 증명사진처럼
인물과 배경이 한 장면 안에 있다. 가게 앞에는 감자, 가지, 배추 같은
채소들이 종류별로 진열돼 있고, 안에도 과일, 나물 등 각종 팔 거리가
가득하다. 가게 안엔 사람 두 명 정도가 누울 수 있는 작은 마루가
있는데, 거기엔 어김없이 객_客인 동네 사람들이 앉아 한담을 나누고
있다. 그녀의 가게는 동네 사랑방 역할도 하고 있다.

부식가게 앞에서 양영자 어머님

양영자 어머님의 부식가게

그녀가 대평동에 정착한지는 30년 정도 되었다. 영도로 올 때 나이가 서른 즈음. 인터뷰 한 여덟 분 중 가장 늦게 영도에 온 셈이다. 그녀의 고향은 강원도. 그녀는 자신을 화전민의 딸이라 소개했다.

> 태어난 곳은 강원도 홍천군 내촌면 화상대리라는
> 곳이에요. 어린 시절은 거기서 더 들어가 화천군
> 명월리라는 첩첩산중에 살았지. 전방이고 군인
> 부대가 있었어요. 처음에는 군인부대 너머 완전히
> 산꼭대기에서 살았지. 부모님이 농사를 지었는데 말하자면
> 화전밭이었어. 엄마가 있어서 아무것도 무서울 게
> 없었지만 지금 생각하면 좀 무섭지.

그녀의 집은 화전을 일궈 옥수수, 콩, 감자 등을 길렀다고 한다. 화전을 한 탓에 고향인 강원도에서도 홍천에서 화천으로, 이 산에서 저 산으로, 산 위에서 아래로, 일찍이 부유하듯 살아온 그녀였다.

그런데 그녀에게 고향이 어디냐 물었을 때, 홍천군이 아닌 강원도 화천군 장촌리라 했다. 알고 보니 그곳은 그녀가 스무 살에 결혼해 남편과 함께 살던 곳이다.

> 신혼집은 더부살이를 1년 정도 하다가 집을 하나
> 20만 원인가 30만 원인가 에 사서 거기서 살았어요.
> 거기가 화천군 장촌리인데 산 밑에 있는 집을 사서 논을
> 부치고 살았어요. 거기서 첫 아들을 낳았고요.

땅이 없어 남의 논을 빌려 농사를 지은 탓에, 가을걷이를 하면 논임자에게 반을 줘야 했다고 한다. 그녀 말마따나 "쎄(혀)가 빠지게 해도 얼마 못 먹었다"는 그 시절을, 남편 그리고 두 아이와 함께 10년 정도 살아낸다.

대평동 부식가게

그녀의 영도행行은 뜻밖의, 우연한 여정이었으나 실은 운명적이기도
했다.

> 농사를 지어도 잘 안 되고 수박도, 옥수수도 심어서
> 팔았는데 돈이 안 되고. 소도 열 마리 길렀는데 값이
> 뚝 떨어져서 사료 값도 안 나오고 했죠. 그런데 우리
> 시누(남편의 여동생)가 대평동에 먼저 내려와서 살고
> 있었는데 대평동에 부식가게가 하나 있는데 그걸
> 해볼끼냐고, 큰돈은 못 벌어도 돈은 실컷 만진다고 해서
> 그래서 내려왔어요.

강원도가 척박하다는 이야기는 들어보았으나, 그녀의 말을 들으니 더욱
실감이 됐다. 30년 산 고향을 떠나올 만큼 그해에 절박한 상황들이
겹쳤고, 갑작스런 시누이의 제안은 다른 세계에서 온 동아줄 같았을
것이다. 그렇게 그녀는 현재 대평동2가 도미물회 건물 맞은편 자리에
있던 부식가게 자리를 얻게 된다. (지금은 건물이 헐려 주차장이
되었다) 그런데 그녀의 영도 정착은 초반부터 그리 순탄치 않았다.

> 가게 보증금이 3백만 원에 달세가 6만 원이었어. 보증금은
> 그렇다쳐도 권리금도 있었지. 다른 사람들이 나더러
> 바가지 썼다고 했어. 그래도 온 이상 어쩔 수 없었지. 내가
> 월세라도 확실하게 하려고 온지 한 달 만에 주인할머니를
> 찾아 갔더니 "야야 달세 원래 8만 원 했었는데 앞에
> 여자가 하도 울고불고해서 6만 원으로 내렸는데 니네는
> 그냥 8만 원에 해야 된다" 그러더라고. 나는 6만 원인줄
> 알고, 그것도 못 내면 어쩌나 생각했는데 할머니가 8만
> 원이라잖아. 그래서 내가 어린 마음에 "그러면 할머니,

내가 여기를 올 때 송아지 팔고 돼지 팔고 개 팔고 닭
팔고 앞뒤로 쌓아놓은 아까운 장작을 다 내삐리고 왔는데,
그러면 내를 도로 제자리에 갖다 놓으라"고 억지를 썼어.
내가 억지라는 건 알았어. 그런데 할 수 없잖아. 그랬더니
할머니가 겁이 났는가 "아이고 알았다 그대로 살다가
나중에 돈 벌면 올리자" 그러더라.

그녀는 그 조그만 가게에서 장사를 하고 자식도 길러낸다. 예전
가게에도 좁다란 마루청이 있었는데 거기서 그녀와 남편이, 가게 위
조그만 다락에서 아들딸이 잠을 잤다. 그러다 바로 옆 점포까지 얻어
한 점포에서는 장사를, 나머지 점포에선 아이들을 키운다.

다락에서 애들을 재우는 것도 하루 이틀이지. 옆에 점포가
난다니까 그 점포를 달라고 발이 닳도록 주인 할머니를
쫓아 다녔어. 거길 얻어 가지구 내가 백만 원을 들여서
바닥 뜨끈뜨끈 하라고 보일러도 놨어. 원래 점포에선
장사하고 새로 얻은 점포 방에서 우리 딸하고 아들을
키웠지. 중풍에 걸린 시어머니도 모시면서 말이야.

오른쪽이 양영자 어머님이 처음 얻은 점포가 있던 자리,
왼쪽의 현재 점포 자리와는 불과 세 발자국 정도 떨어져 있다.

영도가 내어 준 가게 한 칸

강원도에서 온 양영자 씨 부부는 그렇게 점포를 집과 일터 삼아 쉬지 않고 일했다. 그녀는 가게에서 부식을 팔고, 남편은 수리조선소에서 깡깡이질이나 그라인더, 철거작업을 했다.

> 우리가 부식가게만 했으면 되도 않았을 거예요. 우리 영감은 배 꼭대기에 올라가서 추우나 더우나 일하고. 매번 눈에 티가 들어가서 빼고. 나도 고생했지만 우리 영감도 고생을 많이 했지.

대평동은 강원도에서 온 부부에게 일할 거리를 주었고, 두 사람은 한 번도 해보지 않은 낯선 일을 묵묵히 해냈다. 처음 점포 자리에서 10년, 현재 점포 자리로 옮겨 20년. 그렇게 30년을 타향인 영도 대평동에서 살고 있다.

사람 사는 냄새 나던 동네

큰돈을 벌 수 있다며 대평동으로 오라고 한 시누이는 그녀가 온지 1년 만에 다른 동네로 이사를 간다. 그녀는 '그때 시누가 조금 힘이 되어주었으면 좋았으련만' 하는 생각이 줄곧 들었다 한다. 그도 그럴 것이 일평생을 강원도에서만 살다 보니 대평동에 형제도, 아는 동향 사람도 하나 없었기 때문이다.

그녀는 영도로 오고 몇 년 동안 매일 다시 강원도로 돌아가야겠다는 생각을 했다. 그럼에도 살아갈 수 있었던 건 강원도와 달리 사람이, 일거리가, 아이들이 많았던, 펄떡펄떡 살아있는 이 동네가 점점 좋아져서였다.

> 옛날 장사할 때는 동네에 꼼딱꼼딱 새댁들도 많았고 애들도 조랑조랑하니 많이 살았어. 대평초등학교 운동회

한다, 소풍간다는 소식이 들어오잖아 그러면 김밥을 싸야
되니까 단무지를 아침에 한통을 받으면 다 팔려서 한통
더 받고, 김밥에 들어가는 오뎅도 아침에 받는데 오후에
또 부르고 그랬지. 그런데 그 사람들이 저 위에 아파트 몇
번 지었다 아니에요. 그때 싹 나가고 없어요. 이제 노인만
남았지.

그때는 고구마줄기 껍데기를 벗겨 아침, 저녁으로 한 대야씩
삶아놓으면 새댁들이 금세 사갔다 한다. 장사하는 이에게 준비한
물건이 모조리 팔려나가는 것만큼 즐거운 일이 또 있을까. 무엇보다
여기저기 모여든 타지 사람들과 엉겨 살며 문득문득 고향을 잊기도 한
그녀였다.

그때 대평동에 사람 사는 냄새가 솔솔 났지. 배에서
밥해주는 사람들도 두부니 콩나물이니 이런 부식 같은
걸 많이 사갔어요. 뱃사람들이 고기를 갖다 주기도 하고.
그렇게 세월이 줄줄줄 흘렀어.

강원도에 살 때는 날이 밝아야 일어났지만, 부식가게를 하다 보니 새벽
4시가 조금 넘으면 눈만 비비고 일어나 앞치마를 차고 새벽시장에
나갔다고 한다. 그렇게 일주일을, 그녀는 하루도 쉬지 않고 시장에 가고
채소를 받아와 장사를 했다. 이런 생활이 익숙해지기까지, 그녀 주변엔
그녀를 이해하고 돕는 동네 사람들이 있었다.

김치할머니라고 그 엄마는 장군이었어. 맨손으로
김치를 턱 해가지고 자식들 다 공부시키고 출가시키고.
뱃사람들한테 김치를 동이띠기로 몇 동이씩 팔았는데
아침이면 그 김치를 사려고 사람이 바글바글했이.
그 할머니가 나에게 뭘 어떻게 팔고 살라고 많이
조언해주고 그랬다구. 참 고마웠어. 동네 사람들이 나를

항상 보살펴주려고 그랬어. 인덕이 많았던 것 같아.
이용해먹겠다는 사람은 하나도 없었어. 진짜 다행이었지.
뭐든지 갖다 주고 해주려고 하는 사람이 많았으니까.

향수병 이야기

사람은 변한다. 말씨가 변하고 생각도 바뀐다. 그런데 잘 바뀌지 않는
게 있다면 그건 '입맛'일 것이다. 그녀에게 고향의 것 중 가장 생각나는
게 뭔지 묻자 '김치'라고 답했다.

> 부산 김치하고 달라요. 부산은 젓갈 국물에 고춧가루를
> 풀어가지고 하는데 강원도는 고춧가루물에 무채를 썰어
> 넣어 막 치대고 찹쌀죽을 끓여 넣고 새우젓을 조금 넣지.
> 젓국을 많이 안 넣어요. 그래서 깔끔하죠. 그런데 여기
> 와서 오래 살다 보니까 그게 맛이 없대? 부산 사람이 다
> 됐는가. 젓국 많이 넣은 게 맛있는 거라. 그렇게 됐네요.

입맛까지 변했다는 그녀를 보니 정말 부산 사람이 다 되었다 싶었다.
그런데 그녀는 뜻밖의 이야기를 한다.

> 향수병 때문에 맨날 강원도 간다는 게. 오자마자 간다는 게
> 여태 못 갔으니까. 향수병 때문에 아직까지 영도에 집도 못
> 샀어.

사실 나는 일하는 내내 그녀의 고향이 강원도라는 사실을 몰랐다.
본래 여기서 나고 자란 것처럼 공간과도, 사람과도 친근한 그녀였다.
그런 어머님 입에서 향수병이라는 이야기가 나왔고, 지금도 고향에
가야겠다는 생각을 하고 있다고 한다.

영도 — 타향에서 고향으로

오자마자 나는 3년 일해서 돈을 왕창 벌어서 고향으로
간다고 생각했어. 누가 헐케 줄테니 집을 사라고 해도
"나는 강원도 가야 된다" 그랬어. 향수병 때문에. 지금도
강원도 가야 된다는 생각밖에 없어요.

- 왜 강원도로 가고 싶으세요?
: 그게 향수병이지. 다른 게 향수병인가.
- 강원도가 좋으세요?
: 그냥 맨 처음에 살던 곳이니까.

인터뷰 한 여덟 분 중 고향으로 돌아가고 싶다고 말한 분은 처음이라,
이유를 더 알고 싶어 계속 질문을 드려봤다.

- 뭔가 이유가 있을 것 같은데요. 영도에 정을 못 붙이신
  걸까요?
: 그거 아닌데 강원도가 고향이니까. 그런데 지금은 내가
  간다하면 여기 있는 아줌마들하고 많이 정이 들었잖아.
  또 눈물이 엄청 나올 거야. 거기서 여기 올 때도 눈물을
  줄줄줄 흘리고 왔는데.
- 혹시 고향하면 떠오르는 게 있으세요?
: 아무것도 없어요. 사실 지금 강원도 가서 산다고
  생각하면 '어휴 거기서 살아질까' 하는 생각이 들면서도
  그렇게 고향이라고 간다고 생각만 한다니까. 이상하지?
- 옛날 생각하면 어떠세요?
: 뭐 아무 생각도 없어. 그냥 고생만 했다 그런 생각.
  고생을 해도 그게 행복했다. 강원도가 참 아름다웠다
  이런 생각.
- 그런데 왜 강원도에 가고 싶으실까요? 제가 만난 분들은
  고향에 가고 싶어하지 않으시던데요.
: 아직 거기 내 살던 땅이 있거든. 내가 살며 밭뙈기 부치던

땅이 있고. 헌집이 그대로 있어요. 지금은 다 쓰러져
가겠지 벽도 허물어지고.
- 고향에 남겨놓고 온 게 있으시네요.
: 그렇네. 그게 없으면 안 간다하겠지? 남편 고향인데
나한테 뭐가 남았을까 싶었는데 그래서였나 봐.
첫 시작을 한 곳이고 그 흔적이 아직 거기 남아있는
거니까.

그녀가 고향에 두고 온 것의 정체는 그저 집과 땅이었을까? 자식을
낳고 땅을 일구고 가축을 기르던 그 시절 기억, 고생했지만 행복했던
순간. 다른 분들이 영도에 와서 가정을 꾸리고 첫 시작을 했다면
그녀에겐 강원도가 첫 시작이었다. 고생스러웠지만 설렜던, 막막하지만
뭐든 할 수 있을 것만 같았던 그 처음의 기억들이 더욱 그곳을
그립도록 만드는 건 아닐까 싶다.
　　그녀에게는 고향이 두 개다. 그리운 고향과 삶을 영위하게 해준
고향. 영도가 내어 준 가게 한 칸은 그녀와 그녀의 가족을 살게
해주었다. 그래서 강원도 고향만큼이나 영도 대평동은 그녀에게
따뜻함과 편안함을 주는 곳이다. 고향이 두 개면 마음이 쓸쓸할까,
넉넉할까. 당장은 아니더라도 양영자 어머님의 마음이 점점 후자이길
바라본다.

고향 강원도 화천군에 있는 양영자 어머님의 옛집

대평동은 나한테 제2의 고향이네.
어디 갔다가도 영도다리만 보면
마을 어귀만 들어오면 마음이 편안해진다 아니가.

눈 오는 날 부식가게 앞에서 40대의 양영자 씨

이야기 8

경상북도 안동시
이진희
58세

1962년생
경북 안동시 임하면 고곡동 진살리
소년, 기술을 배우다
금성선박, 종합해사, 충무철공소
대평동 현대공업사 사장

지독한 가난에 허덕이다
탄광열차를 타고 부산진역으로,
밑바닥 인생을 살아갈 때
떠오른 어른들의 이야기
"덤프차 기름만 만져도 성공한다"

남 밑에서 혹독하게 배운 기술로
환기도 되지 않는 지하에 공장을 열었다.
그의 공장은
'대평동에서 가장 먼저 문을 열고
가장 늦게 문을 닫는 곳'이라 불렸다.

가난한 소작농의 아들

대평동 수리공장의 실력은 전국에서 알아줄 정도다. 없는 부품도
만드는 곳, 소리만 들어도 무엇이 문제인지 진단해내는 곳. 그런 명성을
만든 주역들이 바로 지금 대평동의 50~70대 기술자들이다.

놀라운 솜씨를 가진 기술자를 많이 만나 보았다. 해보지 않아서
그렇지, 무엇을 주어도 다 만들어내실 분들이다. 대평동 공장 열 군데만
모아놓으면 잠수함도 만들 수 있을 거란 말은 괜히 나온 게 아니다.

그중에서도 솜씨 좋고 성실하기로 소문난 이가 있다. 그의 공장은
'대평동에서 가장 먼저 문을 열고, 가장 나중에 닫는 곳'으로 유명하다.
동료며 선배 기술자들도 인정하는 그 사람은 바로 현대공업사 이진희
사장이다.

예나 지금이나 어르신들께서 자주 하는 말씀이 있다. "기술을
배워라. 평생 밥벌이는 할 수 있을 거다. 기술과 실력은 절대 배신하지
않는다". 이진희 사장은 그런 어른들의 이야기를 기억해 그대로 실천한
사람이다. 그가 태어나고 자란 경상북도 안동에서, 그는 수리 기술과는
전혀 거리가 먼, 농부의 아들이었다.

이미 주변을 통해 그의 고향이 경북 안동이라는 이야기를 듣고
온 터였다. 그는 안동시 임하면 고곡동에서도 더 들어가 진살리라는
곳에서 태어나 어린 시절을 보냈다. 시골이었고, 학교까지 30리나
떨어져 있었고, 학교에 가려면 산을 세 개나 넘어야 했다고 한다.
그마저도 비가 오면 길이 없어졌다.

> 우리 모친이 돌아가셔서 돈에 매이다 보니까 학교를
> 그만두었지. 엄마가 아프셨는데 그때는 아프면 바가지에
> 물 받아놓고 칼 던지고 그랬어요. 돈이 없어서 그거라도
> 하다가 병원도 한번 못 가보고 돌아가셨습니다. 초상을
> 치려고 하는데 돈이 없어서 우리 아버지가 시내에 가서
> 돈을 빌렸는데 그걸 못 갚아가지고. 남의 터를 부치는데

가을에 거두면 그 마저도 빚쟁이들이 다 가져가버리고
그랬습니다.

그의 어린 시절에 대한 이야기를 조금 더 들어보았다.

집이 워낙 가난했어요. 옛날에 학교에서 빵을 배급
받았어요. 원래 하나씩 주는데 결석하는 애들 있으면 한두
개 남거든요. 그럼 남은 걸 내를 다 줘요. 제 밑에 동생이
있었거든요. 그걸 저는 한 개도 안 먹었고 아부지랑 동생
갖다 주었어요.

이진희 씨는 육 남매 중 다섯째다. 그는 한참 어리광을 부릴 나이에
가정형편을 살폈다. 빚쟁이에 시달리는 아버지를 위해 돈을 벌어야겠다
결심한 그는 새벽 일찍 일어나 산에서 나무를 해다 놓고 학교에 갔고,
하교 후에는 새벽에 해둔 나무와 산에서 잡은 꿩, 토끼 등을 가져다가
시장에 팔곤 했다. 집에서 읍내 7일장까지는 45리였는데, 조그마한
몸으로 지게 가득 나무와 물건을 지고 왕복 35km를 다녔던 것이다.
그렇게 번 돈은 아버지께 드리거나 병아리나 새끼 돼지를 사다
키우기도 했다. 어린아이답지 않은 수완에 놀랐고, 어른처럼 굴어야
했던 그의 어린 시절이 안타까웠다. 어머니가 돌아가신 후에는 한
명의 부담이라도 줄이기 위해 누나 집으로 가 머물렀는가 하면, 남의
집 농사도 거들어주며 제 숙식을 스스로 해결하기도 했다. 훗날 그의
마음에 자리 잡고 있던 "반드시 돈을 벌어야한다"는 집념과 끈기는
이렇듯 유년시절에 만들어진 것이었다.

이것 말고도 그의 어린 시절 이야기는 무수히 많다. 그는 해군
군악대 출신이었던, 음성이 좋아 동네 어르신들에게 춘향전을
읽어주었다는 아버지의 재주를 사랑한 소년이었고, 겨울이면 산판[1]일을

---

1 산판은 주로 벌목을 위해 가꾸는 산을 말한다. 산판일은 산에서 목재로 쓸 나무를
   베는 일을 일컫는데, 주로 산림이 우거진 경상북도나 강원도 등지에서 일당을 주고
   행해졌다. 강원도가 고향인 양영자 씨의 부친도 겨울에 산판일을 했다고 한다.

하던 아버지를 위해 지게에 식사를 지고 세 시간이 걸리는 산을 오르던 아들이었다. 가난을 준 부모를 원망하기는커녕 병든 어머니를 안타까워하고 고생하는 아버지를 안쓰러워했다. 그는 어린시절을 회상하며 눈물을 흘렸고, 나는 그 눈물의 의미를 이해할 수 있었다.

소년은 결국 가족을 위해, 돈을 벌기 위해, 아버지가 계신 고향 안동을 떠난다.

고향 안동에서, 어린 시절 이진희 씨

그의 안동 고향집
(왼쪽 아궁이에 불 피우는 이가 30대 초반의 이진희 씨, 가운데는 그의 아버지다)

밑바닥부터 시작해 기술을 배우다

그는 강원도에서 출발해 오후 12시나 1시경에 안동역에 정차하는
탄광열차를 기다린다. 차비가 없어 맨 뒤 칸에 몰래 숨어든다.
그렇게 도착한 곳이 부산진역이다. 기차에서 내려 쭉 걷다 닿은 곳이
자갈치시장. 돈 한 푼 없었던 열네 살 소년은 자갈치시장에 있던
선망배에서 밥을 얻어먹고, 충무동 청과시장에 버려진 야채나 고구마를
먹으며 일주일을 버틴다.

> 어릴 때만 해도 덤프차 기름만 만져도 성공한다는 어른들
> 얘기가 있었어요. 부산에는 배가 많잖아요. 그래서 배 수리
> 기술을 배워야겠다는 욕심이 생겼죠. 자갈치 앞에 있던
> 배 기관장한테 "기술을 배워야 하는데 어떻게 합니까"
> 했더니 제 손을 잡고 영도에 '금성선박' 주사장님 밑으로
> 데려갔습니다.

금성선박은 현재 대평동 대평다방 앞 소금공장 건물에 있던 선박
수리공장이었다.

> 어린 나이에 공장 열쇠도 맡고 아침 일찍 문 열고 밤
> 10시까지 있었습니다. 청소하고 선배들 하는 거 보고
> 기계도 연습하고, 그렇게 6개월 만에 인정을 받아서 밑에
> 사람 하나 받아서 일했습니다.

그는 차츰 대평동에서 이름을 알리게 된다. "손 빠르고 일 잘하는
아이"로 말이다. 그럴수록 그는 기술을 제대로 배워 무조건
성공해야겠다 결심한다. 부모 그늘에서 공부하는 고향 친구들을 보며
말이다.

밤 10시고, 12시고 연습을 하다 보니까 사장이 지나가다가
"왜 불 켜져 있노" 하면 "청소합니다" 이랬습니다.
사장님이 배고프면 빵 하나 사먹으라고 돈 천 원을
주고 그랬어요. 그게 저한테는 큰 힘이 되었습니다.
충무철공소에 있을 때는 철야를 많이 했는데 자는 곳이
허술해서 공장 안에 불을 피우고 종이를 깔아놓고
잤습니다. 일주일 동안 철야하다 밖에 나오면 하늘이
노랗습니다. 하지만 아버지 용돈은 하늘이 무너져도
드려야 하고 곗돈도 넣어야 해서 이를 악물고 일했습니다.

지하에 첫 공장을 마련하다

금성선박에서, 종합해사로, 또 충무철공소로. 10년 가까이 다른 이의
공장에서 기술을 배우던 그는 이윽고 자신의 공장을 내기로 결심한다.
그의 말에 따르면 당시 영도 대평동에 있던 공장 대부분은 보통
60명에서 70명의 직원을 거느릴 정도로 컸다고 한다. 하지만 그는
독립해 작은 공장을 열어 보기로 결심한다.

> 넘들은 "니가 뭐 공장하겠노" 했는데 저는 계산이 있었죠.
> 큰 공장들이 하나 제작해서 만 원 받는다면, 나는 남
> 시키는 거 아니고 손이 빠르니까 오천 원만 받으면 된다.
> 감독들도 내가 손재주가 좋다는 걸 잘 알고 있었고요.
> 아니나 다를까 막상 나와 보니까 일이 넘쳤죠. 처음엔
> 남의 공장 옆에서 작게 얻어서 했어요. 보통 공장을 잘
> 안 주는데 '대광냉동'이라고 거기 사장님이 참 좋은
> 분이었어요. 공장이 12평 정도였는데 저는 귀퉁이에
> 한 4평 정도를 썼죠. 기아박스 선반 하나, 용접기 하나,
> 보르방(구멍 뚫는 기계) 한 대 이렇게 놓고 일했어요.

철공소에서 기술을 배우던 20대 이진희 씨

대평동 지하공장에서 40대 이진희 씨

영도 ― 타향에서 고향으로

그는 현대現代라는 굴지의 기업을 만든 故정주영 회장의 책을 읽으며 성공을 꿈꿨다. 그래서 그는 첫 공장 이름을 '현대공업사'로 지었다. 그 이름은 예나 지금이나 그대로다.

일이 많아진 덕에 철야가 잦았다. 문을 닫고 작업을 해도 소음이 새어나간 탓에 동네 주민들의 민원도 있었다. 기름 냄새가 코를 찌르고 먼지가 가득해도 그는 셔터까지 내리고 작업을 계속 해나갔다. 자신에게 일을 맡겨준 이들과 약속을 지키기 위해서였다.

하지만 제 공장이 아니다 보니 여기저기 옮겨 다니기 일쑤였다. 공장이 너무 귀해 지하에 공장을 얻기도 했다. 물론 그때도 더부살이였다.

> 지하가 정말 공기가 안 좋거든요. 그런데 일은 해야
> 되니까. 지금 대평동 고성슈퍼 옆으로 들어가면
> '대창상사'라고 있습니다. 그 밑에 지하가 있습니다.
> 거기서 한 2년을 했습니다.

그에겐 언제나 일이 우선이었다. 선사에서 기한을 오후 12시까지로 주면 그는 언제나 두 시간 전까지 해놓고 기다렸다. 그렇다고 허투루 물건을 만들지 않았다. 무조건 자신의 손으로 완벽하게 마무리해 물건을 내보내야 직성이 풀렸다. 점심을 거르기 일쑤였고, 일이 있으면 마무리될 때까지 퇴근하는 법도 없었다. 오늘 일을 내일로 미루지 않는다는 것이 그의 신조였다.

> 거래처든 선사든 현대공업사는 이 시간에 가면 열려있다,
> 물건 하나 확실하다는 믿음이 있었습니다. 우리 직원들이
> 내 밑에서 힘들었죠. 그래도 제 밑에서 10년 정도 있던
> 애들 둘은 내한테 배워 나가서 개인사업 했어요. 나가서
> 어려워하면 내가 봐주고, 경제적으로 어렵다면 공짜는
> 아니지만 뒷받침도 해주고. 그렇게 애들 다 성공했습니다.
> 명절에 인사하러 오는데 서로 고맙고 감사한 일이죠.

영도가 내어 준 가게 한 칸

현대공업사 앞에서 40대 이진희 씨

대평동에서 가장 먼저 문 열고 가장 나중에 닫는 공장

다른 이의 공장에서 더부살이를 하며 입지를 다진 그는 남항동에
100평짜리 공장을 사게 된다. 이미 12년 전의 일이다. 공장을
계약하고 시골에 가장 먼저 전화를 한 그는 아버지와 함께 기쁨의
눈물을 흘렸다. 그렇게 공장을 하나둘 늘리다 보니 세 개까지 되었다.
큰 공장은 처분하고 한 곳은 임대를 주고, 그리고 남은 공장이 지금의
현대공업사다. 이곳은 그가 가장 아끼고, 정이 많이 든 공장이다.

> 지금 대평동 현대공업사 공장이 16년 정도 되었습니다.
> 현대공업사는 이 동네에서 가장 문을 일찍 열고 가장 늦게
> 닫는 공장으로 불렸습니다. 특히 여기서 좋은 일도 많았고.
> 가정 화목하고 내 생각대로 잘 되고. 여기서 벌어서 집도
> 사고. 아들딸도 잘 되었어요.

영도 ― 타향에서 고향으로

그가 기술로 이름을 알리고 자신의 공장을 마련하기까지, 숨은 조력자가 있었다. 바로 그의 아내이다.

> 제가 가정이 그리워서 22살에 결혼을 했어요. 집사람은 스무 살이었고요. 제가 처음 공장을 차렸을 때 직원이 세 명 있었어요. 그 중 하나가 집사람이었습니다. 점심이고 저녁이고 밤샐 때도 도시락을 갖다 날라주고, 집사람도 재료 사러 댕기고 그랬습니다. 참 고생을 많이 시켰죠.

일밖에 모르던 그를 뒤에서 조용히 보살피던 아내였다. 신혼시절, 연탄이 없어 냉방에 자도 불평 한번 없던 그녀였고, 그의 팔이 선반에 말려들어가 큰 수술을 하고 병원에 있을 때 큰 힘이 되어 준 사람도 아내였다. 그 또한 그런 아내를 생각하며 성하지 않은 팔로 새벽에 신문을 넣었다고 한다.

그리고 그에게는 또 한명의 고마운 사람이 있다.

> 강할머니라고 우리 공장 앞에 살던 할머닌데 '동성수산' 사장님의 어머니셨지. 처음엔 내가 밤에 작업하고 그러니까 시끄럽다고 억수로 뭐라 했어요. 그런데 내가 열심히 사는 걸 보시고 챙기기 시작하셨어. 할매가 보신탕을 좋아하시는데 (나는 보신탕을 안 먹는데) 할매가 보신탕을 내 것까지 끓여놓고 "니 점심 먹지 말고 온나" 하셨어요. 제가 할매를 우리 엄마처럼 생각하고 할매도 저를 아들처럼 생각하고 의지를 많이 했죠. 할매에게 고맙고 감사하게 생각해요.

그가 송도에 첫 집을 장만했을 때, 강할머니는 그에게 벽시계 하나를 선물해 주었다. 그는 20년도 더 된 할머니의 선물을 여전히 간직하고 있다.

충무동 신혼집에서, 아내와 함께

강할머니가 선물해 준 벽시계는 여전히 그의 사무실에 걸려 있다

　　　　　　　　　　　　　　　영도 — 타향에서 고향으로

그리고 이제 그의 곁에 남은 한 사람이 있다. 그가 김과장이라 부르는 김정현 기술자다. 그는 이진희 씨 처형의 아들이다. 그와 함께 일한지 16년째인데, 정현 씨가 군 제대 후 자신을 찾아와 기술을 배우겠다고 했을 때 처음엔 만류했다 한다. 대학에서 법학을 전공하던, 머리가 참 좋았던 그가 기술을 하는 게 안타까웠던 것이다. 하지만 그는 뜻을 굽히지 않고 그의 밑으로 들어와 열심히 기술을 배우고 있다. 정현 씨는 젊은 기술자가 거의 없는 대평동에서 자신만큼 좋은 손재주를 가진 후배이자, 그의 유일한 후계자이다.

기억력이 참 좋아요 쟈가. 너무 똑똑해요 착하고. 이제는 모두 다 김과장에게 맡겨놓고 해요. 비밀도 없고. 지가 잘하니까 내도 편하고. 김과장은 평일에도 늦게까지 있고 아침에도 7시에 열어요. 예전에 저처럼 말이죠. 이제 김과장만 잘 되면 되니까 김과장한테 다 미루고 제 후계자로 김과장이 이 공장을 다 이끌 거예요.

현대공업사에서 이진희 씨와 김정현 과장

영도가 내어 준 가게 한 칸

이진희 씨의 대평동

오며가며 본 그는 단단하고 묵묵하게 선반 앞을 지키던 사람이었다.
시련이나 어려움이라는 단어로는 부족한 많은 일들이 그에게 있었음을
알았을 때, 이렇게 단단해지기까지 얼마나 많은 눈물을 흘렸을까 하는
생각이 들었다.

> 내 인생은 이렇게 살았지만 내가 잘 사는 모습 보여드리는
> 것으로 부모님께 효도하고, 우리 애들만큼은 험한
> 가시밭길 안 걷게 해야겠다는 생각으로 일했죠.

그는 10대 후반 처음 기술을 배웠고, 부단한 노력으로 스물일곱이라는
젊은 나이에 남들보다 일찍 자기 공장을 차렸다. 그렇게 40년을 쉴 새
없이 달려왔다. 문득 돌아보니 친구도, 변변한 취미 하나 없는 자신을
위해 10년 전부터는 산악자전거를 시작했고 근교에 주택을 지어
전원생활도 즐기고 있다. 일하며 어깨를 다치고 인대도 터져, 수술을 두
번이나 했다는 그. 이제는 걸음을 늦추고 자신을 키워준 영도 대평동과
소중한 사람들에 대해 생각한다.

> 예전에는 기술을 배우려면 일본 언어가 많았습니다. 그걸
> 배워서 익힌, 손재주도 좋았던 선배들과 동료들, 정말
> 존경합니다. 수리일은 하고 나면 쾌감도 있고 승리감도
> 있습니다. 지금은 동네에 기술자가 줄어서 그게 진짜
> 안타까울 뿐입니다. 이제 대평동이 저에겐 고향이나
> 마찬가지입니다. 이 동네에 감사해요. 시골에서 와 여기서
> 성공했고 꿈을 다 이뤘거든요.

지난 시절을 이야기하며 눈물을 훔치는 이진희 씨

그의 사무실 책상에는 가족사진이 빼곡히 끼워져 있다

영도가 내어 준 가게 한 칸

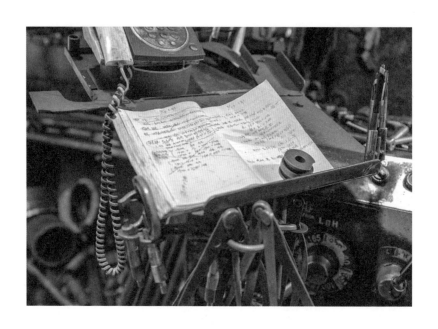

영도 ― 타향에서 고향으로

영도가 내어 준 가게 한 칸

마치며

여덟 분을 직접 만났다는 이유로, 스스로 시간 여행자를 자처해
이야기를 풀어 보았다.

그들과 만난 두 달 남짓의 시간은 설레는 순간들이었다. 함께 웃기도
하고 눈물을 흘리기도 하고, 누군가를 욕하며 맞장구치기도 했다. 눈을
마주보며 감정을 나눴고, 함께 과거로 돌아가 내가 그분들이 되어 당시
풍경과 상황을 상상으로 그려본 시간이었다.

특히 영도라는 지역을 다른 관점에서 만나 볼 수 있었다. 자료조사를
위해 초반에 만났던 서발토박이 모임의 김상철 총무님께서는 영도를
이렇게 구분해주셨다.

"동삼동은 농·어민이 한데 살던 곳, 남항동은 상인들이 모여 장사하던
곳, 영선·청학·신선동은 그야말로 주거지역. (특히 영선동이 학교가
많아 아이들 교육시키기 좋았지) 대평동과 봉래동은 공장노동자나
기술자들, 선원들이 일하던 곳이야."

지역을 구분해 생각해본 적이 없어 처음엔 그 이야기가 실감되지
않았지만, 여덟 분을 만나 실제 영도에서 정착한 곳과 해오신 일을
들어보니 잘 맞아 떨어졌다. 동삼동에 터를 잡은 정삼덕 선장님과
해녀 김숙희(가명) 어머님은 바다라는 자연의 풍요를 누렸고, 영선동과
청학동에 정착한 분들 또한 씨앗과도 같은 방 한 칸에서 가정을
일궜다. 이진희 씨는 대평동에서 평생 써먹을 수 있는 기술을 배웠고,
양영자 씨는 가게 한 칸을 얻어 자식을 키웠다. 하나의 섬이지만
동마다 성격도, 살아가는 방식도 달랐던 곳이 영도였다.

그런 영도에는 실로 많은 타향 사람이 있었다. 정식으로 인터뷰 한 여덟 분 말고도 인터뷰 과정 중에 만나거나 소개를 받은 타향 분들이 많았다. 고향을 떠나게 된 이유 중에는 전쟁 같은 불가항력의 상황도 있었지만 '도시화와 산업화'가 큰 요인 중 하나를 차지했다. 농경사회는 정주定住를 근간으로 한다. 논이나 밭을 일궈 국가에 세금을 내는 사람이라면 공간을 떠날 수 없다. (농작물은 적어도 5~6개월을 오롯이 돌봐야 결실을 맺을 수 있기에) 그러나 도시화되고 산업화되면서 사람들은 새로운 일자리를 찾아, 더 나은 환경을 찾아 고향을 떠났다. 내가 만난 여덟 분이 부산을 선택한 이유도 부산이 '도시'이기 때문이다. 먹고 살게 많다는 이야기에 버스를 타고, 탄광기차를 타고, 배를 타고 부산으로 향했다.

전쟁으로 어쩔 수 없이 고향을 떠나온 서선자 어머님에게는 아직까지도 고향에 대한 그리움, 사무침, 아쉬움이 남아있다. 타향살이가 무척 고됐기에. 아버지가 보고 싶지 않느냐는 나의 물음에 그녀는 "보고 싶지. 그런데 이미 돌아가셨지. 돌아가셨을 거야. 내가 여든인데"라고 답했다. 다른 분들에게 고향은 언제든 가볼 수 있지만 서선자 어머님에게 고향도, 아버지도, 다시 볼 수 없기에. '고향'이라는 두 글자는 커다란 빈칸으로 남을 수밖에 없었을 것이다.

시대가 시대니만큼 (가난에 허덕이던 시절이었으니), 출향이냐 이향이냐가 딱 맞아 떨어지진 않지만 거제 출신의 정삼덕 선장과 제주 서귀포 출신의 해녀 김숙희(가명), 경남 거창 출신의 이옥자, 경북 안동 출신의 이진희, 전남 영암 출신의 양영기, 벌교 출신의 박동진, 강원 홍천 출신의 양영자 씨 모두 출향하였다. 자신의 선택이나 의지가 반영되어 있는 것이다. 모두 스스로 밥벌이를 하고 가정을 꾸린 영도를 제2의 고향으로 여기며 편안함과 고마움을 느낀다.

만나고 나서 알게 된 것이지만, 그들이 영도에 정착해 정붙이고 살아간 것은 영도가 도시이지만 도시가 아니었기 때문이다. 도시지만 시골처럼 자연이 살아있는 곳, 자신처럼 도시살이가 낯선 시골내기들이 많은 곳, 일 할 거리가 많아 성실하기만 하면 제 자식쯤은 건사할 수 있었던 곳, 살림이 비등하여 하꼬방에 살아도 비참하지 않았던 곳, 이름도 성도 몰라도 고향 사람이 많이 산다는 곳, 무엇보다 이웃 간의 정이 살아있는 곳. 그래서 그들에게 영도는 낯설지만 낯설지 않은 곳이었을 것이다. 그래서일까. 그들 모두 영도에서 30년, 40년, 50년을 살고 있고 앞으로도 영도에서 여생을 보낼 것이라 한다.

누군가는 영도를 척박하다 하고 교통이 불편해 외진 동네라 한다. 하지만 내가 만난 타향 사람들에게 영도는 그 어느 곳보다 풍요로웠고 사람의 마음을 헤아리고 배려할 줄 아는 곳이었다. 넘치지 않은 부일지라도 가족과, 이웃과, 함께 자족하는 행복을 선사한 곳. 발붙일 곳 없어 가장 힘든 시절에

바다를 내어 주고
방 한 칸을 내어 주고
거리를 내어 주고
가게 한 칸을 내어 준 곳이 영도였다.

이것이 영도의 많은 타향자들이,
그리고 내가 영도를 고향 삼는 이유다.

영도 디스커버리 총서 01
영도 - 타향에서 고향으로

초판 1쇄 발행 2019년 12월 13일
발행처 부산광역시 영도구, 영도문화원
기획 영도문화도시사업단 · www.kangkangee.com · T: 051-418-1863
부산시 영도구 대평로27번길 8-8, 깡깡이생활문화센터 2층

지은이 하은지(B-Local)
제작 도서출판 호밀밭
사진 최병훈(스튜디오 우몽)
디자인 그린그림(박성진, 천지원)

인터뷰 참여 및 개인사진 제공
김숙희(가명), 박동진, 서선자, 양영기, 양영자, 이옥자, 이진희, 정삼덕

도움주신 분
김상철(동삼동 주민자치위원장)
동삼동 해녀 일동
박기영(대평동마을회)
백길수, 김일량(동삼동 하리노인회)
서정식(호남향우회)
안종찬(동삼어촌계, 선창횟집)
이명주(동삼어촌계)
전광철(부경전기)

ISBN: 979-11-968669-4-5
값: 10,000원

문화체육관광부   한국문화관광연구원 Korea Culture & Tourism Institute   부산광역시 BUSAN METROPOLITAN CITY   영도구 yeongdo-gu   영도문화원   플랜비문화예술협동조합 creative planb
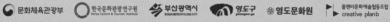